水孩子

THE WATER BABIES

〔英〕查尔斯·金斯利 著

张炽恒 译

敦煌文艺出版社

图书在版编目（CIP）数据

水孩子 / （英）查尔斯·金斯利著；张炽恒译. ——兰州：敦煌文艺出版社，2020.1
ISBN 978-7-5468-1480-3

Ⅰ.①水… Ⅱ.①查… ②张… Ⅲ.①童话－英国－近代 Ⅳ.①I561.88

中国版本图书馆CIP数据核字（2019）第299638号

水孩子
[英]查尔斯·金斯利 著 张炽恒 译

责任编辑：余　琰
统　　筹：徐　淳
封面设计：贾兴富　申岗山

敦煌文艺出版社出版、发行
地址：（730030）兰州市城关区读者大道568号
邮箱：dunhuangwenyi1958@163.com
0931-8773236（编辑部）
0931-8773112　0931-8773235（发行部）

兰州银声印务有限公司印刷
开本　880毫米×1230毫米　1/32　印张　9.125　插页　6　字数　185千
2020年12月第1版　2020年12月第1次印刷
印数　1～3000册

ISBN 978-7-5468-1480-3
定价：32.00元

如发现印装质量问题，影响阅读，请与印刷厂联系调换。
本书所有内容经作者同意授权，并可使用。
未经同意，不得以任何形式复制转载。

给我的幼子
格伦威尔·亚瑟
和
其他所有的好小孩

水孩子
为一个陆地上的孩子所做的童话

来，读我所做的谜，每个好小人：
如果你读不懂，便没有能读懂的大人。

译　序

大约是我十岁的时候，有一天父亲带回来一本翻译童话书，它的书名和一部分内容，比其他任何一本书更长久地留在了我的记忆里。它就是《水孩子》。只是我还没来得及读完那个美丽的故事，书就失踪了。

许多年后，因为一个偶然的机会，我重新读到了它的原文本。我虽然已是成人，却再一次被它迷住了。这就是我要把它介绍给你的原因。

作者查尔斯·金斯利

《水孩子》的作者查尔斯·金斯利（Charles Kingsley）1819年生于达特木（英国西南部一荒野的丘陵地）附近的小镇荷恩·维卡里奇，但他的童年时光大多在芬县的巴纳克镇和德文郡的克洛夫莱镇度过，后来到英国皇家学院、伦敦大学和剑桥大学读书，学习的是法律。

他一生的主要职业是牧师：1842年任教区牧师，1869

年被任命为切斯特大教堂牧师，1873年，被任命为英国最著名的大教堂西敏寺的牧师。作者于1875年病逝，享年仅56岁。

作者同时也是历史学家、博物学家、小说家和诗人。他的大部分精力用于政论文或议论文的写作，呼吁保护环境，改善工人的工作条件，吁求社会平等和社会公正。他是个正直的人，知识渊博而工作勤奋，生性敏感且富有同情心，笔力雄健又富有感性。

查尔斯·金斯利的作品

他的主要作品有《酵母》《阿尔顿·洛克》等六七部长篇小说，剧作《圣者的悲剧》，几大部有关历史、社会和环境卫生的文论集和一些诗歌等。

这里特别值得一提的是，他的以海洋为题材的小说《向西去啊》（1856）和自然历史学著作《海岸的奇迹》（1856）。正是因为他的丰富的海洋知识和对海洋的热爱，令他在《水孩子》中对故事背景大海的描述自然而亲切，给读者留下了生动、美丽而神奇的印象。

令他在文学史上留名的，正是童话《水孩子》。这是他唯一的一部儿童文学作品。可能他本人也想不到，他的其他作品后来皆默默无闻，倒是这部他为自己的小儿子所做的童话，成了世界儿童文学史上的一部经典名作。其题材之独特、想象之丰富与情境之奇丽，即便在长满奇花异草的童话世界里，亦可谓独树一帜。

《水孩子》的诞生

查尔斯为他的每个孩子都写了一本书。1862年春，有一天他忽然想到，小儿子亚瑟已经三岁，他的三个大孩子，"萝斯、莫里斯和玛丽都有了自己的书，但小宝宝还没有"，于是他走进了书房。半小时后，他从书房里出来，手里拿着一小叠文稿，文稿的第一页上写着："给我的幼子格伦威尔·亚瑟。"

后来它成了《水孩子》的第一章。这本书从1862年8月正式开始写，1863年3月即告完成。作者是在繁忙工作的间隙撰写此书的，但整个写作过程可以说是一气呵成，从头到尾几乎未改动一字。作者是个天才的作家，只可惜他的主要创作精力用在于针砭时弊的政论文写作上，没有给我们留下更多的儿童文学作品。

《水孩子》的特色

这本书讲述了一个扫烟囱的孩子如何变成水孩子，在仙女的引导下，经历各种奇遇，最后长大成人的美丽故事。

作者用最简单的字眼，最简洁的行文来叙述故事，但读来让人感到带着诗意，像微风一样轻柔，像流水一样畅快，非常的美。有的段落简直就是诗，例如第一章汤姆和师傅出发时对黎明景色的描绘，又如第三章从溪流"下海去！下海去!"那几段合唱般的旋律,再如第五章对圣布伦丹的仙女岛的描述,还有最后汤姆通过"后楼梯"后所见到的美景。

以上列举的场景,在充满诗意的同时,又是那么栩栩如生。书中对于汤姆的各种遭遇的描述,都既生动又充满温情。

整篇故事虽然是平铺直叙,却丝毫不让人觉得平淡。平静温情的段落,仿佛缓缓流动的大片明亮的水;达到一个个高潮时,则如同水流中涌起一个漩涡,一朵浪花。故事中间插入的几首小诗毫不做作,质朴而充满了韵律感,非常打动人心。例如:

> 我曾经有一个可爱的小布娃娃,亲爱的,
> 那是世界上最漂亮的小布娃娃;
> 她的脸那么红艳那么洁白,亲爱的,
> 她有一头那么迷人的卷发。
> 但我失去了可怜的小布娃娃,亲爱的,
> 那一天我在野地里游戏玩耍;
> 我为她哭了不止一个礼拜,亲爱的,
> 但是我一直没有能够找到她。
>
> 我终于找到了可怜的小布娃娃,亲爱的,
> 那一天我在野地里游戏玩耍;
> 人家说她已经变得不成样子,亲爱的,

因为她身上的漆已经掉光啦,
她的胳膊已经被母牛踩掉,亲爱的,
她的头上找不到一根卷发:
但是,为了老交情,亲爱的,她还是
世界上最最漂亮的小布娃娃。

书中包含了不少讽喻,也有劝诫的成分,但绝不是生硬的说教,而是寓教于乐,亲切自然,幽默风趣。

故事中的寓意寄托了作者对自己的孩子和所有孩子的希望:爱清洁,行善事,勇敢正直,健康成长,成为博闻广识、心胸开阔的人。汤姆听到的声音是:"下海去!下海去!"他得到的教导是:世界是如此的精彩,如果他想成为一个男子汉的话,就必须到外面的世界去闯一闯。他必须像每一个降生到这个世界上来的人一样,完全靠自己在外面闯。用自己的眼睛看,用自己的鼻子闻,自己睡自己做的床,自己玩火就烫痛自己的手指头……

所以,《水孩子》不但是一本非常有趣非常美的书,也是一本真正有益的书。金斯利为他的儿子亚瑟写这本书时,亚瑟三岁;我译这本书的时候,我的儿子张达释也是三岁。所以这本书第一次出版的时候,我在序中把这个译本作为送给他的礼物。但是,我译这本书是为了所有喜欢它的读者,包括我自己,包括小读者和大读者。我想,对于大读者,它也是值得一读的。

希望你也喜欢它。

张炽恒

2009 年 5 月 30 日于上海

目 录

第一章 / *001*

第二章 / *033*

第三章 / *065*

第四章 / *102*

第五章 / *141*

第六章 / *173*

第七章 / *198*

第八章 / *231*

附录：金斯利年表 / *279*

水孩子

第一章

我倚着树安坐在小树林里
静听一千种曲调的混响；
心情怡悦，思绪欢快，
却渐而生悲，黯然神伤。

大自然将她的天籁
连通到我体内人类的灵魂，
让我想起人对人的作为，
使我心中充满伤悲。

——华兹华斯

从前，有个扫烟囱的孩子①，名叫汤姆。这名字很短，从

---

① 扫烟囱的孩子：过去，在英国，烟囱大而弯曲；小孩子身体比较小，可以爬进去在里面活动，所以训练小孩子爬到里面去清除烟灰。

前你也听到过，所以很容易记住。

汤姆住在英格兰北部一个大城市里，那儿有许多许多烟囱需要打扫，有许多许多钱让汤姆去挣。挣钱给谁花？给他的师傅。

他不会读书也不会写字，也压根儿想不到上面去。他从来都不洗脸，因为他住的那个院子根本就没有水。没人叫他做祷告①，他只在一种话里听说过上帝和基督。那是一种什么样的话？你们从来都没有听到过，要是他也没有听到过就好了。

他一半时间哭，一半时间笑：他不得不爬进污黑的烟囱，磨破可怜的膝盖和胳膊肘；他师傅每天打他；每天他眼睛里都会掉进烟灰；每天他都吃不饱。这些时候，他哭。

每天，有另一半时间，他和别的孩子玩掷硬币，或者玩跳背游戏：一个人蹲着，另一个人跳过去，一道杠一道杠地跳；如果看见马过去，就向马腿中间扔石子儿；他最喜欢的游戏是在附近的墙垛后面捉迷藏。

这些时候，他笑：什么扫烟囱啦，饿肚子啦，挨打啦，都像刮风下雨打雷一样，被他忘到九霄云外去喽。他像个男子汉大丈夫一样挺过去，像他的老驴子对付冰雹一样，晃晃脑袋，仿佛什么事也没发生似的又高兴起来，盼着好日子快

---

① 做祷告：英国人普遍信奉基督教，除去教堂做礼拜外，在家中，例如，在用餐之前，也要向上帝祈祷。

快来临。

他盼着自己长大成人，做了扫烟囱的师傅，像大人一样坐在酒店里，喝喝啤酒，抽抽旱烟，玩纸牌赢银币，穿棉绒衣服和长筒靴，牵一条长着长长的灰耳朵的小叭狗，口袋里装着小狗崽。

而且，如果可能的话，他还要带徒弟，带那么一两个，或者三个。他要像师傅对待自己那样，吓唬他们，敲他们的脑袋。回家的时候，烟灰袋让他们扛。

而他呀，他将骑着驴子走在前头，嘴上叼着烟斗，纽扣上插一支花儿，就像国王走在军队前面一样。没错，好日子就要来的。况且，他的师傅已经让他喝酒瓶里剩下的几滴酒了，每逢这种时候，他就成了全镇上最快乐的孩子。

一天，汤姆住的那个院子里来了一个骑马扬鞭的机灵的小侍从。当时汤姆正躲在一堵墙后面，对着马腿举起了半截砖，这是他们欢迎陌生人的惯例。

客人看到了他，问他扫烟囱的格林姆先生住哪儿。格林姆先生便是汤姆的师傅。汤姆是个生意精，对顾客总是很客气，他把手里的半截砖轻轻地丢在墙后，迎上去，带他去见格林姆先生。

明天早晨，格林姆先生要动身去约翰·哈塞沃爵士的庄园了。爵士的烟囱需要打扫，而原来那个扫烟囱的进了监狱。小侍从走了，汤姆没来得及问那人为什么坐牢，他自己也坐过一两次牢呢。

还有，那个小侍从看上去非常整洁。他穿着褐色的鞋，打着褐色的绑腿，穿着褐色的夹克衫，还系着一条雪白的领带，领带上面别着一枚精巧的小别针；他的脸红扑扑的，干干净净。

这使汤姆心里很不是滋味儿，憎恶起自己的模样来。他想，这家伙是个蠢货，穿着别人买给他的时髦衣服摆臭架子。他走回墙后，又捡起那半截砖。但是最后他并没有把它扔过去。他想起对方是来谈生意的，既然是这样，也就罢了。

来了个这样的新顾客，他师傅高兴坏了，于是他立刻把汤姆打倒在地。那天晚上，他酒喝得特别多，比平时多两倍还不止，这样他明天才能早起床。因为，一个人醒来时头越是疼，就越是愿意出去呼吸新鲜空气。

第二天早上四点起床后，他又把汤姆打倒在地，目的是为了教训他一下，就像年轻的先生在公立学校受到的教训一样，教他做个好孩子。因为今天他们要去一座很大的房子，只要那里的人满意他们的话，就可以做成一笔好交易。

这些汤姆也想到了。即使师傅不打他，他也会拿出最好的表现来。因为哈塞沃是世界上最美妙的地方，虽然他从来没有去过；而约翰爵士是世界上最可怕的人，他见过他，因为两次送他去坐牢的正是约翰爵士。

即使在富丽的北国，哈塞沃也算得上一块好地方了。它有一座大房子，在汤姆已经记不清的一次乱了套的骚乱中，惠灵顿公爵①的十万士兵和许多大炮安置在里面还非常宽余,至少汤姆相信确有此事。

它有一座花园,里面有许多鹿,汤姆认为鹿是喜欢吃小孩的妖怪。它有几英里的运动场,格林姆先生和烧炭的小伙子在那儿打过几次网球,汤姆乘着那几次机会看到了雉鸡,他很想尝尝它们的滋味。

那儿还有一条很有气派的河,河里有鲑鱼,格林姆先生和他的朋友很想偷些吃,可是那就得下到冰冷的河水里,这种苦差事他们可不肯干!

总之,哈塞沃是块好地方,约翰爵士是个德高望重的老头儿,就连格林姆先生也一贯尊敬他。

这不仅仅因为格林姆先生每个礼拜总会干一两件犯法的事,爵士可以把他关进监狱,每个礼拜爵士都有一两次把人关进去;也不仅仅因为周围好多公里的土地都属于爵士;而且因为,约翰爵士是一切拥有一大群猎狗的绅士中最开朗、正直而通达的人。他认为怎样对待邻居好,就怎样做;他认为什么对自己好,就能得到什么。

最主要的原因是:他体重一百公斤,他的胸膛的宽度谁也说不准,他完全能够在公开的格斗中把格林姆先生摔出去老远,让这个称雄一方的大力士跌得爬不起来。但是,亲爱

---

①惠灵顿公爵:英国将军,因在滑铁卢战役打败拿破仑而著名。

的孩子们，世界上有许多事我们能够做，而且很想做，却是不应该做的。所以，如果约翰爵士把格林姆先生摔倒，就不合适了。

因为上面说的那些原因，格林姆先生骑马经过镇子时，总是向约翰爵士举手行礼，称他为"好汉子"，称他的年轻的太太为"贤夫人"。在北方，要得到这两个称呼可不容易，格林姆先生认为这样尊重他们，便可以吃到他的雉鸡了。从这一点上你可以看出来，格林姆先生没有去正儿八经的国立学校上过学。

我敢说，你们从来没有在盛夏凌晨三点钟起过床。有人倒是这么早起床的，因为他们想捉鲑鱼，或者想去阿尔卑斯山；而更多的人则是像汤姆那样，不得不起床。但是我向你们保证，盛夏凌晨三点钟是一天二十四小时、一年三百六十五天中最最令人愉快的时间。

不过，我说不清人们为什么不在这个时间起床，大概他们故意把白天可以做的事情拖到晚上去做，损害他们的神经和气色吧。

汤姆的师傅昨晚七点去酒吧时，汤姆就上了床，像猪一样地睡了；所以呢，正像那些总是早早醒来，把少女们叫醒的斗鸡一样，当先生太太们刚刚准备上床时，汤姆就起床了。

就这么着，他和师傅出发了。格林姆骑着驴子走在前面，汤姆扛着刷子走在后面，走出院子，走上大街，经过关得紧紧的百叶窗,眼皮在打架的警察,和在灰白的黎明中泛着灰白的光亮的屋顶。

他们走过矿工村,村里家家户户关着门,没有一点声音。他们穿过收税栅,然后,他们才真的来到乡间,沿着黑色的、铺满灰尘的道路吃力地向前走。路两旁是矿渣砖砌成的墙,除了远处矿机的呻吟和撞击声之外,听不到别的声音。

可是不久,路变白了,墙也变白了,墙脚下长着长长的草和美丽的花,湿漉漉地沾着露水。他们听到的不再是矿机的呻吟,而是云雀在高高的天空上做晨祷的歌唱,和斑鸠在芦苇丛中的鸣啭,那些斑鸠已经唱了一夜了。

其余的一切都默不作声,因为大地老夫人还在沉睡。就像许多可爱的人一样,她显得比醒着时更加可爱。那些巨大的榆树,沉睡在泛着金光的草地上,树下睡着奶牛。

附近的云也在沉睡,它们很困了,就躺在大地上休息,拉得长长的、白色的,一小片一小片和一条一条的,在榆树的树干之间,在溪边赤杨树的树顶上,等待太阳出来吩咐大家起床,在清澈的蓝天下忙碌一天的事情。

路边的景色向后退去。汤姆看啊看啊,看个没完,因为他以前从来没有到过这么远的乡间,他多么想跨进一扇篱笆门,去摘金凤花,在篱笆里寻找鸟巢。可是,格林姆先生是个生意人,这种事儿是不会答应的。

不久,他们遇到了一个穷苦的爱尔兰女子,她背上背着一个包袱,头上包着一块灰头巾,穿着一条深红色的裙子,走路的样子很艰难。根据她的打扮,你可以断定她是盖尔威人。她没穿鞋,也没穿长筒袜。她好像累了,脚底磨坏了,走起路来一拐一拐的。可是她很高,很美,灰色的眼睛非常明亮,脸颊上披着密密的黑发。

格林姆先生看得入了迷,他从她身边走过时,招呼道:"这条路真难走,苦了您的嫩脚了,上来吧,坐在我后面怎么样?"

可是她并不喜欢格林姆先生的模样和声音。她冷冷地答道:"不啦,谢谢你;我还是和你的小伙计一起走吧。"

"那就请便吧。"格林姆吼道,叼着烟袋走了过去。

她和汤姆一同向前走。她和他说话,问他住在什么地方,问他知道的所有事情。汤姆心想,我还从来没有见过说话这么可爱的女子呢。最后她问他是不是做祈祷,她听了好像很发愁。

后来,汤姆问她住在什么地方。她说她住在老远老远的海边。汤姆问她海是什么样的,她就给他讲,海是怎样翻滚着,在冬天的夜里怎样拍打着岩石,在明媚夏日怎样静静地躺着,孩子们可以在海里洗澡和玩耍,还有其他一些事情。她说得汤姆恨不能立刻去海边,去看看大海,在海水里洗个澡。

终于,在一个山坳里,他们见到了一道泉水。它不像你在这儿见到的那种从湿地白色砾石里冒出来的泉水,周围有红色的捕蝇草、粉色的钟形花灌木和芳香的白色红门兰;也不像你在这儿低洼小径旁会看到的那一种，咕噜噜冒着泡从温暖的沙丘下面涌出来，旁边长着大簇的蹄盖蕨，泉底的沙子一年到头日夜不停地旋舞着。这两种都不像。那是一道真正的北国矿泉，就像西西里和希腊的矿泉一样。老异教徒①们曾经幻想有各种女神坐在泉边，在酷热的夏天从泉水中纳凉，而牧羊人就在灌木丛后面，对她们吹奏牧笛。

汤姆他们看到的是一道很大的泉水，在矿石叠成的巉岩脚下，从一个小岩洞中向外冒。它涌动着，泛着泡沫，汩汩作响，清澈得使人分不清哪儿有水，哪儿没有水。

泉水顺路而下，形成一道劲流，大得推得动一座磨坊。它流过蓝色的天竺葵，金色的金梅草、野覆盆子，流过垂着雪绒的雏樱桃树丛。

格林姆停下来，看着泉水。汤姆也看着泉水，他充满了好奇心，想知道那黑乎乎的洞里有没有什么东西会在夜间飞出来，在草地上空飞来飞去。

可是格林姆什么也不想，他一言不发，下了毛驴，翻过路边低矮的篱笆，跪在地上，把丑恶的头伸进水里，一下子就把泉水弄脏了。

汤姆尽可能快地摘着花，那个爱尔兰女子帮着他摘，并教他把花束起来。他们俩很快就扎成了一个很漂亮的花球。

---

①作者是基督徒，他；说的异教徒是指不信仰基督徒的宗教信徒。

但是汤姆看到师傅真的洗起来了,就停住了手。他非常惊奇。

格林姆洗完了,晃晃脑袋,把水甩干。

汤姆说道:"嗯,师傅,我以前从来没见过你这样做。"

"以后也不会,就像从前一样。我这样做不是为了干净,而是图个凉快。我才不会像那些一身煤灰的挖煤的毛头小伙子那样,每个礼拜去洗那么一次澡呢。"

"我想到泉边去把头浸一浸,"可怜的小汤姆说,"这一定像把头放在镇上抽水机喷出的水里一样好玩,这儿又没有差役来赶人走。"

"你过来,"格林姆说,"你干吗要洗?我昨天晚上喝了半加仑啤酒,你又没喝。"

"我不管。"淘气的汤姆说,他跑到泉边,洗起脸来。

本来,那个爱尔兰女子宁愿和汤姆做伴,就已经使格林姆不高兴了,现在这真是火上浇油。他叫骂着冲向汤姆,将他一把拎起来,开始打他。汤姆对此已经习以为常,他把头插在格林姆两腿中间,叫他打不着,并且拼命地踢他的胫骨。

"你不害臊吗,格林姆先生?"爱尔兰女子在篱笆那边喊道。

格林姆抬起头来,他很吃惊:她竟然喊出了他的名字!可是他只是回答了一句:"不,绝不。"便继续打汤姆。

"一点不错,如果你会害臊的话,你早就改过自新,去温德尔了。"

"温德尔？你知道多少事情？"格林姆声音很高，可是手已经停下。

"我知道温德尔，也知道你。比如，两年前的圣马丁节①前夜，在赤杨沼矮树丛发生的事情，我也知道。"

"这个你也知道？"他丢下汤姆，翻过篱笆，站在那女子面前。汤姆以为他一定会殴打她了，可是她正颜厉色地看着他，他哪里敢动手。

"对，我在场。"爱尔兰女子平静地说。

"听你的口气，你不是什么爱尔兰女人。"格林姆说了许多脏话以后，这样说道。

"用不着打听我是谁，我看到了我所看到的一切。如果你再打那个男孩，我就会把我知道的事全讲出来。"

格林姆露出一副熊包样，上了驴子，没有再敢多说什么。

"站住！"爱尔兰女子说道，"我有一句话要对你们俩说。在一切结束以前，你们俩都会再见到我。想干净的人会干净，想脏臭的人会脏臭，记住。"

说完，她就穿过一个栅栏门，走进了草地。格林姆不出声地站了一会儿，像中了邪一样。接着他一边喊着"你回来！"一边追了上去。可是他走进草地时，她不在那儿。

她躲起来了吗？草地上无处藏身。格林姆四处张望，汤

---

①圣马丁节：在每年的十一月十一日，纪念基督教圣徒圣马丁的节日。

姆也寻找着，他像格林姆一样感到迷惑不解，她怎么一下子就不见了呢？他们找来找去，怎么也找不到。

格林姆一声不吭地回到路上，像木头一样。他有些害怕了。他上了驴，装了一锅烟，狠命地抽着，闷声不响地把汤姆丢在了一边。

他们已经走出三英里多地，来到了约翰爵士的住宅门前。

那些住宅非常豪华，都有大铁门和大理石门柱。门柱上端都雕刻着龇牙咧嘴、长着角和尾巴的怪物。这些形象，是约翰爵士的祖先，在红白玫瑰战争①中使用的头盔上的。敌人一看到这种怪样子，就会吓得争相逃命。

格林姆按了一下门铃，一个管家走过来，打开了门。

"主人吩咐我在这儿恭候你。"他说，"我说，你最好一直走大道，回来的时候别让我在你身上找到一只家兔或一只野兔，我告诉你，我会细细地搜。"

"要是在烟灰袋里找到就不算。"格林姆说着，笑了起来。

管家也笑了，他说道："如果你是那种人的话，我最好还是陪着你去大厅。"

"我想你最好还是去。看守猎物是你的事，伙计，不是我的事。"

---

①红白玫瑰战争：十五世纪英国两个家族争夺王位的战争。

管家和他们一道往前走去。汤姆惊讶地发现,一路上,管家和格林姆聊得很投机。他不知道,管家只是一个从外面进去的小偷,而小偷也不过是一个从里面出来的管家。

他们走上一条菩提树大道,这段路足有一英里长。在菩提树的枝叶中,汤姆窥见一头熟睡的鹿,他害怕得发起抖来。那只鹿站在羊齿草中间。汤姆从来没有见过这么高的树,他一边看着它们,一边想:蓝天一定是歇在这些树的树顶上的。

但是,一路上,不断地响着一种嗡嗡声,这使他十分迷惑,最后他鼓起勇气,问管家那是什么。

汤姆说起话来十分文雅,并且称呼他老爷,这是因为汤姆对他十分害怕。管家听了,心里乐滋滋的。他告诉汤姆,那是些在菩提树花丛中飞来飞去的蜜蜂。

"蜜蜂是什么?"汤姆问。

"蜜蜂是酿蜜的蜂。"

"蜜是什么?"汤姆问。

"闭嘴,别烦人。"格林姆说。

"别为难这孩子。"管家说,"这会儿,他是个文雅的小家伙;假如他不是老跟着你,他会更好的。"

格林姆大笑起来,他把这个看作是对他的恭维。

"我要是个管家多好啊。"汤姆说,"住在这么美丽的地方,像你一样,穿着绿色的天鹅绒制服,扣子上挂着个真正的犬哨。"

管家笑了,他算得上是个心地善良的家伙。

"一个人总要知足啊,小伙子,你的饭碗要比我靠得住得多。是么,格林姆先生?"

格林姆又大笑起来。两个人开始压低声音交谈着什么。可汤姆还是能听出,他们谈的是偷盗猎物的事。

最后,格林姆气呼呼地说:"难道你没有对不住我的地方吗?"

"目前还没有。"

"等你有了对不住我的地方再跟我说吧,我可是个守信用的人。"

说到这儿,他们俩都大笑起来,觉得这是个很好的玩笑。

这时,他们来到了那所房子的大铁门前。汤姆透过铁门向里面张望,他凝视着盛开的杜鹃花和石楠花,望着里面的房子,想着里面有多少烟囱,这房子造了多久了,造这些房子的人叫什么名字,他在这儿干活是否能挣很多钱。

这些问题是很难回答的,因为哈塞沃已经建了九十次,并且有十九种不同的风格,仿佛有人建了整整一条街的各式各样的房子,再用勺子把它们搅和在一起。

因为阁楼是盎格鲁-撒克逊式的。

第三扇门是诺曼式的。

第二扇门是十六世纪意大利风格的。

二楼是伊丽莎白一世时代的风格。①

右翼是纯粹的多利安式建筑。

中央是早期英格兰的风格，带有一道依着帕台农神庙的样式仿造的巨大柱廊。

左翼是纯粹的古希腊皮奥夏人式的建筑，乡间的人最欣赏的风格，因为它的模样像镇子里新建的兵营，只不过有三倍那么大。

巨大的楼梯是依着古罗马地下墓窟仿造的。

后楼梯是依着印度阿格拉的泰姬陵仿造的。

这东西是约翰爵士的曾曾祖父的叔叔建造的，他在克里弗勋爵的印度战争中挣了好多钱，也挣了好多伤疤，还添了些品位，但并不比他的上司们更多。

地窖是依着埃勒凡达岛的洞穴仿造的。

办公室是依着布莱顿的凉亭仿造的。

其余部分的款式没有来历，天上没有地下也没有。

这样一来，哈塞沃大宅就成了古文物专家眼里的大谜团；对于鉴定专家、建筑专家、和所有那些喜欢搅和别人的事情、花别人的钱的家伙，它就成了拿伯的葡萄园②。于是，他们一个个年复一年猛攻可怜的约翰爵士，想说服他花个大约十万英镑的钱在房屋上，好让他们而不是他自己称心如意。但他

---

①英国人的 the first floor 其实是我们的二楼。
②葡萄园：典出圣经，意思是令人垂涎的东西。

是个北方的乡间汉子，精明谨慎是他的本色，每一次他都将他们堵了回去。一个家伙要他造一座哥特式的房子，他就说他不是哥特人；另一个家伙希望他造一所伊丽莎白一世时代风格的房子，他就说他生活在好女王维多利亚治下，而不是好女王贝丝①治下；还有一个家伙胆子够大，居然对他说，他的房子外观很丑，他就说自己住在房子里面，又不是住在房子外面；又有一个家伙说他的房子样式不一致，他就说那正是他喜欢这所座古老庄园的原因。他喜欢看着约翰爵士、休爵士、拉尔夫爵士、兰德尔爵士，各自照着自己的品位，在庄园里留下来的痕迹。他没有打扰祖先的坟墓的想法，同样也没有把祖先的作品弄乱的想法。这房子现在看起来好像真的有生命一样，它有自己的历史，跟着世界的发展不断生长。只有那种暴富之人，不知道自己的祖父是何人的家伙，才会改变它，弄些簇新的哥特式或者伊丽莎白时代的玩意儿，弄得它好像是一夜之间冒出来的似的，像蘑菇一样。如果你有足够的智慧，从这件事上你可以想到，约翰爵士是一位头脑十分健全、心智十分健全的乡绅，正需要他那样的人来保持乡村秩序，牵着猎犬显示堂正大度的品格。

　　汤姆和他的师傅并没有从那扇正门进去，而是像公爵或主教那样，绕了很长一段路，走到后面，来到一扇小门旁。

---

①贝丝：贝丝是伊丽莎白的昵称

一个倒垃圾的男仆把他们放了进去,一边开门,一边样子很吓人地打着哈欠。

他们在过道里遇到了女管家,她穿着印花布长袍,花花绿绿的,汤姆误以为她就是女主人了。她严厉地命令格林姆:"你当心这个,别碰坏那个。"好像来扫烟囱的不是汤姆,而是格林姆似的。

格林姆洗耳恭听,不住地答应着,低声对汤姆说:"你记住了吗,你这个小讨饭的?"

汤姆留神听着,能记住多少就记住多少。

女管家把他们带进一个大房间,房间里所有东西上都罩着棕色的纸。她吩咐他们动手干活儿,声音大得吓人。汤姆呜咽了一阵子,师傅踢了他一脚,他才走进壁炉,爬上烟囱。

这时候,有个女仆在屋子里看守家具。格林姆先生和她打趣,对她说恭维话,献殷勤,可是她爱理不理,让他很扫兴。

汤姆扫了多少烟囱我也说不上来,他爬过一个又一个烟囱,累极了,也糊涂了。因为这里的烟囱道跟镇子里的不一样,他不习惯。不信你可以爬上去看看,你大概是不愿意爬上去的。

你会发现,这些古老的乡村房屋中,烟囱都又大又弯,改建过一次又一次,最后都连在了一起。因此,汤姆在烟囱里彻底迷路了。

尽管烟囱里漆黑一片,他并不十分着急,他在烟囱里就像鼹鼠在地洞里一样自在。最后,他沿着一个烟囱下来了。

他以为自己走对了，实际上却走错了。他发现自己站在一个房间的炉边地毯上，他从未到过这样的房间。

汤姆从来没有见过这样的景象。以往他到绅士们的房间去时，看到的总是：地毯卷了起来，窗帘取了下来，家具乱七八糟堆在一起，上面罩着布，墙上的画都用饭单和抹布遮着。他老是想，这些房间要是布置好了供那些贵人起居会是什么样。

现在他见到了，他觉得，眼前的景象是多么美妙啊。

房间里一片洁白。白色的窗帘，白色的床帷，白色的墙，有的地方有那么几条粉红色的线条。地毯上缀着各种颜色的小花，墙上挂着镶金框的画儿。汤姆觉得那些画好玩极了。画上有夫人，绅士，马，狗。他喜欢那些马，但对狗一点也不感兴趣，因为那些狗里面没有哈巴狗，连条小猎狗也没有。

但最让汤姆好奇的是一幅画儿上的一个男人，他穿着大礼服，周围是一些孩子和他们的妈妈，他把手放在孩子们的头上。

汤姆心想，这张画放在太太或小姐的房间里是很美的呀。他看得出，这房间里的摆设说明它是女子的房间。另一张画是一个男人被钉在十字架上[①]，汤姆看了很吃惊，他记得好像在商店橱窗里见过这样的画，这儿为什么也有呢？

[①]一个男人被钉在十字架上：这人是耶稣基督，那幅画便是耶稣基督受难图。

"可怜的人，"汤姆想，"他看上去多么温和平静啊。那位女子为什么在自己房间里挂这么可怕的画儿呢？也许是她的亲人吧，他在荒野里被人杀害了，她把画像挂着留个纪念。"汤姆感到伤心和害怕，转过脸去看别的东西。

房间里有一样东西使他迷惑不解，那是一个脸盆架。上面放着热水瓶、脸盆、肥皂、刷子和毛巾，还有一个盛满清水的大浴盆。好大一堆东西啊，全是用来洗浴的！

"照我师傅的那一套，她一定是一位很脏的小姐。"汤姆心想，"否则要这么一大堆擦洗用具干什么。但她一定很狡猾，把脏东西都藏起来了，因为房间里没有一点灰尘，连那条洁白的毛巾上也没有。"

接着他看到了床，看到了那位脏小姐——他惊讶得屏住了呼吸。

汤姆从来没见过这么美丽的小姑娘，她盖着雪白的被子，枕着雪白的枕头，她的脸颊像枕头一样白，头发像金线一样披散在床上。她也许和汤姆一样大，也许大一两岁。

可是汤姆想不到这个。他只是想着她细嫩的皮肤和金黄的头发，弄不清她究竟是个真人呢，还只是个商店里见过的那种蜡人。只有她的呼吸使他敢肯定，她是个活人。他呆呆地凝视着，仿佛她是天使。

"不，她不会是个脏小姐，她从来没有弄脏过。"汤姆心想。他又想道："人洗过以后都是这样的么？"他看着自己的手腕，试着擦上面的灰。他不知道那些灰是不是能够擦掉,他想:"如果我是像她那样长大的,看上去一定显得漂亮多了。"

他四下望望,突然看见他身旁站着一个瘦小、丑陋、黑乎乎的、破破烂烂的孩子,双眼朦胧,龇着白牙。他愤怒地转过身去。这个小黑猴在这可爱的小姑娘房间里干吗?

他突然意识到,面前是一面镜子,镜子里正是他自己,汤姆从来没有见过自己的这副样子。

汤姆生平第一次发现自己很脏,又羞又怒,眼泪涌了上来。他转过身去,想再爬进烟囱,躲起来。这一下,他碰倒了炉子的护圈,碰掉了烙铁。哗啦,叮叮当当,一阵响声,就像一万只疯狗尾巴上系着罐头筒发出的声音一样。

那个洁白的小姑娘从床上惊跳起来。她一看到汤姆,便像孔雀一样尖声喊叫。隔壁房间一个胖胖的老保姆立刻冲进来,她看见汤姆,便以为他是盗贼,是来杀人放火的。这时汤姆还躺在壁炉的垫圈上,被她冲过来一把抓住了夹克衫。

但是他并没有被逮住。汤姆曾经好多次被警察抓住,又从警察手里逃脱。如果这一回笨得落在一个老妇人手里,他以后怎么有脸去见他的老朋友?他使出双倍的力气,挣脱那位善良女士的手,冲过房间,一眨眼功夫便从窗户里出去了。

他完全有胆子跳下楼去,但是没有这个必要。溜水管可是他的拿手好戏。有一次,他竟然沿着水管爬上了教堂的屋顶。他说自己是去掏老鸦蛋的,可警察却说他偷钱。他就坐在高处,坐到烈日当空的时候,再沿着另一根水管爬下来。警察只好回巡捕房去吃午饭。

不过,这一回,他并没有溜水管。

用不着。窗前长着棵大树,它枝叶繁茂,开着雪白的花朵。那些花有他的脑袋那么大,我猜大概是木兰花吧。可是汤姆却不知道这个,也顾不上去想。他像只猫一样沿着树溜了下来,穿过花园的草坪,翻过铁栅栏,进了大园子,向树林跑去。

老保姆被他甩在了后面,她在窗口尖叫着:杀人啦,放火啦。

正在割草的花匠看见了汤姆,把镰刀一丢,却扎在腿上,划了个口子,害得他后来在床上躺了一个礼拜。可是当时他一点也不觉得,急火火地去追汤姆了。

挤奶妇听到喧闹声,手忙脚乱打翻了奶桶,牛奶淌了一地,但她根本不管,一跃而起,去抓汤姆了。

一个侍从正在为约翰爵士打扫马厩,一把没抓住汤姆,自己却扭伤了脚,一瘸一拐有五分钟,但他依然去追汤姆了。

格林姆把烟灰袋弄翻在新铺砂石的院子里,把地上搞得一塌糊涂,但他撒腿去追汤姆了。

年老的看门人慌急慌忙地开门,却把他的小马的下巴钩在了钉子上,据我所知,至今它还挂在那儿,可他还是拔腿去追汤姆。

正在耕地的农夫把马丢在田头,跳过篱笆,却把犁和别的农具都碰翻在沟里，可是他头也不回地去追汤姆了。

管家正从夹子里取黄鼠狼，想把它放掉，却把自己的手指夹住了，可他还是蹦起来，跟在汤姆后面拼命追。唉，想想他前面说过的话，他看上去多么善良，要是他抓住汤姆的话，我真的会难过。

约翰爵士是个起床很早的绅士，这时正从书房的窗户往外看，看看保姆在什么地方。不料屋顶上落下的灰土掉进了眼睛，后来他只好去请医生，可当时他仍然去追汤姆了。

那爱尔兰女子正好上门乞讨，她一定是绕小路来的，她丢掉包袱，也去追汤姆。

只有女主人没有去，因为她把脑袋伸出窗外时，头上的假发掉进了花园。她只好按铃，叫她的女仆不要声张，把它找回来。这么一来，她就没法子出去追了。所以，她没有出场。

总之啊，庄园里从来不曾有过这么大的声音。即使在有几亩地碎玻璃和几吨碎花盆的温室里追杀狐狸，也不会弄出这么大的声响：争吵声、喧闹声、嗤笑声、嘈杂声、叫大家镇静的声音、下命令的声音，响成一片。

那一天，格林姆、花匠、马夫、约翰爵士、门房、农夫、管家、爱尔兰女子都在花园里奔跑着，叫着"抓贼"，好像汤姆的瘪口袋里装着价值十万英镑的钻石似的。就连喜鹊和鸫鸟也跟着他，叽叽叽叽地尖叫着，好像他是一只被猎人追杀的狐狸，大尾巴开始耷拉下来，快要不行了似的。

这时，可怜的汤姆赤着脚，蹚着水，像只小猴子一样，从花园向树林方向逃去。

唉，可惜这时候没有一只猴子做他的爸爸，用一只爪子把花匠掀倒，用另一只爪子把挤奶妇撞到树上去，用第三只爪子抓破约翰爵士的头，同时用牙齿咬碎管家的脑袋，就像啃可可果和核桃那样容易地把它啃碎！

汤姆从来不记得有过父亲，所以他不能指望有一个，只能指望自己照顾自己了；说到跑，他可以追着任何一辆马车跑两里地，给他一个铜币的赏钱就行了；他能够伸开手脚，像车轮一样转动身体，一连做十次侧翻。那种本领可比你强多了。

所以，追捕他的人发现，要捉住他可不容易，我们当然希望他们抓不住他。

当然，汤姆向树林里奔过去了。他长这么大，还从来没有在森林里待过，可是他非常机灵，知道自己可以躲在灌木丛里或者爬上树去，这样做总要比待在空地上安全得多。要是他连这个都不会的话，就比老鼠和鲦鱼还要蠢了。

可是当他到了林子里时，才发现它和想象中的林子不大一样。他冲进一丛浓密的杜鹃花丛中，立刻发现自己掉进了一个陷阱，撑开的树枝缠住了他的胳膊和腿，刺痛了他的脸和肚子，弄得他只好紧闭眼睛。其实，闭不闭眼睛一个样，因为鼻子前面一码远的东西他都看不清。

他穿过杜鹃花丛时,草丛和芦苇缠着他,恶狠狠地划破了他的可怜的小手指头。

石榴树重重地、没头没脸地抽打他,好像他是伊顿公学的公子哥儿。所有勇敢的孩子都会站出来说,这种抽打是不公平的。

荆棘把他绊倒,扎着他的小腿,好像它们长着尖利的牙齿——荆棘都是这样的。

"我得走出去,"汤姆想,"要不我就得在这儿待着,等到有人来帮我,不会有人来帮我的。"

可是怎么出去呢?这是件困难的事。其实,要不是他的头突然撞在一堵墙上,我看他根本就出不去。那样他就会永远待在森林里,等到雄知更鸟用树叶把他埋起来了。

把脑袋撞到墙上可不是一件好玩的事,尤其那堵墙已经很松了,墙上堆着石头,一块有尖角的石头扎在你眉心上,让你眼前直冒金星。那些星星当然是很美丽的,可不幸的是它们在一秒钟内就分裂成了两万个。随之而来的痛苦可是一点也不美丽的呀。

汤姆就这样撞痛了脑袋,但他是个勇敢的孩子,根本就不当回事儿。他猜想,这片浓密的树丛大概就到此为止了,他像松鼠一样爬上了墙头。

他站在墙头上,眺望着大松鸡禁猎场,乡民们都把这个禁猎场叫作哈塞沃狩猎地。欧石楠、沼泽和岩石向远处延伸,直到天际。

现在，汤姆成了一个很滑稽的小家伙，像一只伊克斯默阉牛一样，怎么不像呢？虽然他只有十岁，但比大多数阉牛岁数大；更重要的是，他有更多的智慧。

他像阉牛一样知道，如果他向后走一段，就可以把猎犬甩掉；所以翻过墙头以后他做的第一件事，就是突然来了一个一百八十度急转身，向右面跑了几乎半里地。

于是，约翰爵士、管家、门房、花匠、农夫、挤奶妇和其他人以及他们的叫喊声，都在墙里面前边半里路的地方，向着完全相反的方向去了，把汤姆留在了半里地后的墙外。汤姆听到林子里的叫喊声渐渐消失，快活地发出了冷笑。

终于，他来到一个凹进去的地方。他走到最低处，然后勇敢地转过身去，离开那堵墙，向沼泽地走去。他知道，他和敌人之间已经隔了一座小山，可以不被他们看见，放心向前走了。

可是，在他们中间，爱尔兰女子看见了汤姆的去向。

她一直走在他们的最前面，可是她走得不紧不慢。她轻快而优雅地向前走着，两只脚不停地换来换去，快得使你分不清究竟哪一只脚在前，哪一只脚在后。最后，所有人都问别人这女子是谁，并且大家都觉得，还不如说她是汤姆的同伙。

当她走进那片人造林时，她一下子就从他们的视野里消失了。她轻轻地跟着汤姆翻过了墙。他向哪儿走，她也向哪儿走。约翰爵士和别的人再也没有见到过她。看不到她，也就把她忘了。

汤姆穿过一片沼泽，径直向石楠地走去。那沼泽和你们家乡的沼泽是一样的，只是那里到处是石头。他向前走去，可是沼泽地不是越来越平，而是越来越坑坑洼洼了。但小汤姆还是能够慢慢地走过去，并且还有闲暇环顾这片奇怪的地方，对于汤姆，这仿佛是一个新世界。

他看到了一些大蜘蛛，他们背上有许多王冠形的和十字形的花纹。他们坐在网中央，一看见汤姆走过来，就立刻颤颤地飞速溜走，不见了。

接着他看到了蝎子，有棕色的、灰色的、绿色的。他认为他们是蛇，会咬人，可是他们也一样害怕汤姆，一下子窜进石楠丛中去了。

在一块岩石底下，汤姆看到了一幕很美丽的景象。一只很大的、棕色的、尖鼻子的动物，拖着条白色的尾巴，身旁围着四五个毛茸茸的小崽儿。汤姆从来没有见过这么有趣的小家伙。她朝天躺着，打着滚儿，在明亮的阳光下，把四条腿和脖子、尾巴都伸展开来。那些小崽儿从她身上跳过来跳过去，绕着她转过去转过来，咬她的爪子，拖着她的尾巴转圈儿。看上去她好像觉得这样非常开心。

可是有个自私的小家伙离开伙伴，偷偷地溜走了。他来到一个死老鸦旁边，把他拖走，藏了起来，那只老鸦几乎和他一般大小。这时他的其他小兄弟们都跟了过去,叫唤着。

这时,他们看见了汤姆,于是一齐跑回去,跳到狐狸太太身边。她嘴里叼着一个,其余的摇摇晃晃跟着她,进了一个黑乎乎的岩洞。这一幕就这样结束了。

接着,他受了一场惊吓。当他爬上一座沙崖的顶端时,唿扑扑、咯咯咯,一阵可怕的声音,不知什么东西从他面前扑过去了。他以为大地炸开了,世界末日到了。

汤姆一下子闭紧了眼睛。可是他睁开眼睛一看,不过是一只老雄山鸡在沙土里洗澡,他喜欢沙子就像阿拉伯人需要水一样。汤姆差一点踩着了他,他就像特别快车一样,哗啦啦地跳起来,丢下他的妻子儿女自个想办法去,像一个老胆小鬼一样,逃走了。

他一边跑,一边叫:"咕咕咕咯——杀人啦,放火啦,小偷啊——咕咕咕咯——世界末日来啦——咯咯咯咕!"

他总是这样的:只要在比他的鼻子尖远一点的地方发生了什么事,他就以为到了世界末日来了。可是,就像这一年的八月十二日还没有到一样,世界末日并没有来。可是这只老雄山鸡确信不疑地认为,世界末日真的来了。

一小时以后,老雄山鸡回到了妻子儿女身边。他严肃地说:"咕咕咯,我亲爱的,世界末日还没有来,可是我保证后天一定会来——咕。"

他妻子已经听过不知道多少遍了,知道这是怎么回事儿,并且知道他下面还要说些什么。况且，她是这个家庭的主妇，有七个孩子，每天要洗呀，喂呀，这就使她很实在，脾气也有些坏。

所以她不耐烦地打断了他："咯咯咯——去抓蜘蛛，去抓蜘蛛——去。"

汤姆走呀走呀，也不知道为什么，竟然很喜爱这一片辽阔而奇异的地方，喜欢它的清凉、新鲜而劲爽的空气。可是他爬上小山的时候，步子越来越慢了。因为地面实在是越来越坏了。原先是那种柔软、富有弹性的荒草地，现在却是一大片铺满平滑的青石的原野，就像铺得很坏的道路一样。在石头之间，有着深深的裂缝，裂缝里长着荆棘。所以，他只好从一块石头跳到另一块石头上去，并不时地滑到石头之间。虽然他的小脚趾头还算坚强，但也扭伤了。可是他还得继续走，漫无目的地走下去。

如果汤姆看到，正是那个曾经和他同路的爱尔兰女子，此刻正在沼泽地后面跟着他，他会怎么想呢？可是，也许因为他极少往后看，也许她躲在岩石和小山岗后面不让他看见，他一直没有发现她，而她却能看见他。

他有些饿了，也有些渴了，他已经走了好长一段路啦。而且，太阳已经高高地升到天顶上，石头就像锅一样烫，空气则像硝窑上空的空气一样，跳着转圈儿舞。好像周围的一切都在颤抖，在刺目的阳光中融化。

可是他什么吃的也找不到,也没有什么可以喝。

荒草中长满了覆盆子和草莓,可是它们刚刚开花,因为这时候才是六月啊。至于水,谁能在石灰岩山顶上找到水呢?他不时经过一些又黑又深的喉咙一样的石洞,那些洞通到地下,好像是地下小人国房屋的烟囱一样。

他走过去的时候,不止一次听到在许多许多码下面,水在滴,在流,在叮咚乱蹦。他多么想走下去,到水边润一润他干裂的嘴唇啊!可是,虽然他是个勇敢的扫烟囱的孩子,也不敢爬到这样的烟囱下面去。

于是他继续往前走,被太阳晒得有些头晕了才停下来歇一歇。他仿佛听到远处传来了教堂的钟声。

"啊!"他想,"有教堂的地方一定有屋子和人,说不定有人会给我吃喝一点什么的。"于是他又迈开脚步,去找教堂了。他相信自己清清楚楚地听到了钟声。

才走了一分多钟,他朝四周看看,又一次停下来,自言自语道:"唉,世界是一个多么大的地方呀!"

确实如此,因为他从山顶上可以看到一切——有什么看不见呢?

在他后面,很远很低的地方是哈塞沃、黑树林和闪光的鲑鱼河;在他左面,很远很低的地方,是镇子和煤行的冒着浓烟的烟囱;很远很低的地方,河越来越宽,流入了闪光的大海,还有些小白点,那是船,它们躺在大海的怀抱里。

他的前方,像一张大地图一样,铺陈着大平原、农场和绿树掩映的村庄,它们仿佛就在他的脚下。可是他并不糊涂,他很清楚地知道,它们离他还有好多里地呢。

他的右边,沼地接着沼地,小山连着小山,越来越模糊,终于融入了蓝天。

在他与那些沼地之间,真的,就在他脚下,躺着一样东西,他一看见就决意走过去。因为那正是一块他要找的地方啊。

那是一条很深很深、铺着绿荫和岩石的溪谷,它很窄,长着树林;可是透过树林,他可以看见,在离他几百码的地方,一道清澈的流水在闪光。

啊!下到那水边去,只要能到水边!接着,他看到了一个小村庄的屋顶,一个有着空地和苗圃的小花园。花园里有一个小红点在移动,它和苍蝇差不多大。汤姆仔细看了看,看来是一个穿着红裙子的妇女。啊,也许她会给他一点吃的东西。

教堂的钟声又响了。下边一定有个大村庄。是的,那边谁也认不出他,谁也不知道庄园那边发生了什么事。即使约翰爵士把所有警察都派来找他,消息也还不会传到那里;而他只要五分钟就可以到那里了。

汤姆的想法完全正确,追赶者的喊叫声没有传到那里,因为他自己还不知道,他已经来到距哈塞沃十里以外的最好的地方。可是他以为五分钟就可以到那儿并不现实,那村子

水孩子

离他还有一英里多路呢,他得走上一千多码。

汤姆本来就是个勇敢的孩子,虽然他的脚很疼,又饿又渴,可他还是坚持走下去。这时,教堂的钟声更响了,使他觉得,这些钟声是他自己的脑袋里响。那条河远远地,在下面汩汩地流,唱着这样的歌:

清澈又凉爽,清澈又凉爽,
流过欢笑的水滩和做梦的池塘,
凉爽又清澈,凉爽又清澈,
流过飞沫的河堰和闪亮的卵石。
在黑鸫鸟歌唱着的巉岩下,
在荡漾着教堂钟声、爬满常春藤的墙下,
无污的水,留待无污的人儿,
到我这儿来玩,来洗澡吧,母亲和孩儿。

腐臭又阴湿,腐臭又阴湿,
流过烟腾腾戴着污黑烟囱帽的城市,
阴湿又腐臭,阴湿又腐臭,
流过黏滑的堤岸和码头、阴沟,
越向前流,我就越变得黑暗,
越是富有,我就越变得下贱,
被罪恶玷污了的,谁敢和他玩儿?

离开我吧，快回去，母亲和孩儿。

强大而自由，强大而自由，
闸门打开了，我向大海奔流，
自由而强大，自由而强大，
我急匆匆地奔啊，水流在净化。
我奔向金色的沙滩，跳跃的沙洲，
纯洁的潮水在远方把我等候；
我在无垠的大陆上迷失了自我，
要像有罪的灵魂般重获宽宥。
无污的水，留待无污的人儿，
到我这儿来玩，来洗澡吧，母亲和孩儿。

于是汤姆向下面走去。他并没有看见，那个爱尔兰女子跟在他后面走了下去。

第二章

> 天国有关爱吗？对这些卑贱的生灵
> 天上的仙人们是否存有爱意
> 可使之得到感化，除去恶念？
> 是的：否则，人的情形会比兽
> 糟糕很多。啊，至高无上的神
> 爱他的造物太甚，施太多恩典，
> 怀着慈悲拥抱他所有的作品：
> 有福的天使们被他四处派遣
> 去关照恶人，伺候他的邪恶的敌人！
>
> ——斯宾塞

汤姆看到那个地方的时候，它离开他还有一英里路远，在他一千码以下的谷底呢。但是，汤姆却觉得它近在眼皮底下，似乎能够把一个小石子儿扔到那个穿红裙子的妇人身上。她也许是在花园里除草,也许是穿过溪谷到岩石那边去。

溪谷的底部只有一块田那么大,它的一旁是那道奔腾的溪流。溪流上方,是灰色的巉岩、灰色的丘陵、灰色的石梯和灰色的荒野,陡峭地伸入天空。

那是一块清静安逸、富有而快乐的地方,是大地上一道深深的豁口。它太深、太偏僻了,连那些邪恶的妖怪也找不到。那地方名叫温德尔,如果你想亲自去看看它,那就必须上到克雷文高地上去,从英格尔伯勒山北的伯兰森林开始,到"九标堆石垛"和克罗斯费尔峰,在它们之间寻找。如果找不到,那就得转身南下,找到湖区山脉①,奔赴斯科菲峰和大海。如果还是找不到,那就得重新掉头北上,经过快乐的卡莱尔城,找遍切维厄特丘陵,从安南河一直找到伯威克罗尔锥形山。这个时候,有没有找到温德尔已经没关系了,你会发现,那样一个国家,那样的人民,应当让你为自己身为一个英国男孩而自豪。

汤姆向下走的第一段路是三百码长的陡坡。在锉刀一样的粗砂岩中间,长满了刺人的欧石楠。对于汤姆的可怜的小脚掌,这可不是一件让人开心的事儿。况且,他现在走路已经越来越不稳,他是跌跌撞撞地走完那段陡坡的。不过他仍然认为能够把一个石子儿扔到花园里。

---

①山脉:即坎伯里山脉。

接下来的三百码都是石灰石平台,一个下面挨着另一个,方方正正,好像乔治·怀特先生用尺子测量准确,用凿子凿出来的一样。那上面没有长欧石楠,但是——

他先是陷进了一个草窝,上面覆盖着美丽可爱的花朵、石玫瑰、虎耳草、茴香、紫苏和各种甜美诱人的植物。

然后跌跌撞撞地从一个两码高的石灰石台阶上下来。

然后又是一些花和草下面的陷阱。

然后跌跌撞撞地从一个一码高的台阶上下来。

然后又是一些花和草覆盖的陷阱。有五十码长,路像屋顶的斜坡一样陡。他只好靠他的亲爱的小尾巴滑下去[1]。

然后又是一个石头台阶,有十码深;在下去之前,他必须让自己先停住,然后找一条石缝,沿着它的边缘爬下去;因为如果他滚下去的话,他会直接栽到老妇人的花园里去,把她吓昏过去的。

他找到了一条很窄的、黑乎乎的石缝,里面长满了伸着绿梗子的蕨草,它们就像挂在客厅里的那种蕨草一样。他只好沿着这条缝爬下去,像他以前爬烟囱一样,用膝盖和胳膊肘。然后又是一个草窝,又是一个台阶,一个又一个。哦,天哪!我多么希望这一切快点结束,他也希望如此。不过他仍然认为能够把一个小石子儿扔到老妇人的花园里。

---

[1]这里是一个比喻,前文中曾将他比喻成一只猴子。

最后他来到了一排美丽的灌木前。白色的灌木条上长着硕大的叶片,那些叶子的背面是银色的,还有山白杨和橡树。它们的下方却是悬崖和巉岩、巉岩和悬崖,中间夹杂着大片的王冠蕨草和木蒿。

透过灌木,他能够看到那条闪闪发光的溪流,听到溪水流过白色的鹅卵石所发出的淙淙的声音,他不知道,这一切仍然在三百码以下的地方呢。

也许,如果让你从那上面往下看,你会感到头昏,但是汤姆不会。他是一个勇敢的扫烟囱的小孩子。当他发觉自己来到一个高高的峭壁顶端的时候,他没有坐在那儿哭,而是说道:"啊,这才合我的胃口呢!"虽然,这时候他已经很累了。

他向下走去,走过圆石和石块,走过蓑衣草和石尖,走过灌木丛和灯芯草,好像他生来就是一只快乐的小黑猿,不是两只手而是四只手似的。

他一直没有发现,那个爱尔兰女子始终在跟着他往下走。

现在,他已经累极了。火辣辣的太阳照在沼地上,几乎要把他晒干;而树木繁密的巉岩在散发着潮湿的热气,这更要他的命。汗水从他的手指尖和脚趾尖淌出来,清洗着他,他一整年都没这一回洗得干净。但是,他一路经过的地方,自然全被他弄得脏得要命。从此以后,那片巉岩从上到下有了好长一道黑色的污迹。从此以后,温德尔的甲虫变得特别黑,从来没见过那么黑的。当然啦,这要怪汤姆当初弄黑了他们大家的祖爷爷,当时他穿着天蓝色的外套,打着绯红色的绑腿,正动身去结婚,像一只嘴里衔着一支西洋樱草的园丁的狗那样漂亮整齐。

汤姆终于来到了谷底;可是,瞧,这并不是谷底。从山上往下走的人常常会发现这种事。看哪,在巉岩的脚下,有一堆又一堆从上面掉落下来的石灰石,大大小小,各式各样,有的和你的脑袋那样差不多大小,有的有公共马车那么大;它们中间有许多洞,洞里长着甜津津的野蕨菜。

汤姆还没有完全从石堆中间穿过,就又完全暴露在火热的太阳下面。然后,他掉了下去,非常突然,就像人们常常碰到的那样,根本来不及弄清楚是怎么一回事。他突然觉得自己垮——掉——了,垮掉了。

小人儿,你一生中会有几次垮掉的时候,这一点你要有心理准备。人人都是这样过来的,你也会有这样的生活经历,所以你要尽可能地强壮健康。当你碰到这种事情时,你会感到非常难堪,我希望那一天会有一个忠诚强壮、没有垮掉的朋友在你身边。如果没有的话,你最好像可怜的汤姆那样,躺在跌倒的地方别动,等情况好些再说。

他不能走了。太阳火辣辣地照着,可是他却感到浑身寒冷。他太虚弱了,他感到自己病得很厉害。在他和那所村舍之间,现在只有两百码平坦的牧场,但他走不过去。他能听到,溪水就在只隔一块田的地方淙淙地响着,可是对于他来说,似乎相隔一百英里。

他躺在草地上，一动不动。不知什么时候，甲虫爬到了他身上，苍蝇停在了他鼻子上。我不知道，如果不是蚊虫同情他的话，他什么时候会再爬起来。

蚊子对着他的耳朵把喇叭吹得嗡嗡响，虫子在他手上和脸上找没有烟灰的地方到处啃。

他们终于把他弄醒了，他摇摇晃晃地离开了那地方，翻过一堵矮墙，走上一条小路，来到村舍门前。

那是一座整齐清洁、漂亮可爱的村舍，园子用砍削过的紫杉木围起来，园子里种着紫杉树，它们被修剪成孔雀、喇叭、茶壶和各种奇怪的形状。敞开的门里面传来嘈杂的声音，听上去就像是一群用 A 大调唱歌的青蛙，知道明天的天气要热得烤死人一样——我不知道青蛙是怎么知道的，你也不知道，谁也不知道。

村舍的门上挂满了铁线莲和玫瑰，汤姆慢慢地来到敞开的门前，有些害怕地向里面张望。在本来放炉子的地方，放着满满一锅香甜的草，旁边坐着一位老妇人。

汤姆从来没有看到过这么慈祥的一位老妇人。她下身穿着一条红裙子，上身穿着一件短短的斜纹布睡衣，头上戴着一顶干净的白帽子，一条黑色的丝绸围巾从帽子后面围过来，系在她的下巴下面。

她的脚边躺着一只猫，它可以当世界上所有猫的老爷爷了。她对面的两条凳子上，坐着十二个或十四个孩子。他们一个个都干干净净，丰满的小脸蛋像玫瑰一样红润。他们在乱哄哄、闹嚷嚷地学朗诵，叽叽喳喳响成了一片。

这是一座多么快乐的村舍啊，铺着干净光亮的石头地板，墙上挂着内容很奇异的旧画张，一只黑色的旧壁橱里，放着亮闪闪的锡盘和玻璃盘，角落里有一只布谷鸟自鸣钟。汤姆刚到，这只钟就闹了起来，这并不是吓唬汤姆，而是正好到了十一点钟。

所有的孩子都盯着汤姆脏兮兮、黑乎乎的样子看；女孩子们哭了起来，男孩子们笑了起来，所有的孩子都极其无礼地用手指指他；但是汤姆太累了，管不了那么多。

"你是谁，你想干什么？"老妇人叫道，"扫烟囱的孩子！快走开，我这儿从来不让扫烟囱的人进来。"

"水。"可怜的小汤姆说，声音弱得几乎听不见。

"水？河里面多的是。"她声音非常尖地说。

"但是我去不了，我饿坏了、渴极了、累得快死了。"说完，汤姆就瘫倒在门前的台阶上，脑袋搁在了门柱上。

老妇人透过眼镜看了他一分钟、两分钟、三分钟，然后说道："他病了，孩子总是孩子，管他是不是扫烟囱的。"

"水。"汤姆说。

"上帝原谅我！"她放下眼镜，站起身，走到汤姆跟前，"水对你没好处，我给你牛奶。"说完，她颤颤巍巍地走开，到另一个房间，拿来一杯牛奶和一小块面包。

汤姆一口就喝干了牛奶，仰起脸，恢复了一些力气。

"你从哪儿来？"老夫人问。

"沼地的那一边，那边。"汤姆向上指着天空说。

"哈塞沃那边？翻过了刘斯威特峭壁？你能保证你不在说谎吗？"

"我为什么要说谎呢？"汤姆说，他把脑袋靠在门柱上。

"你怎么上去的？"

"我是从哈塞沃庄园来的。"汤姆那么累、那么伤心，他没有心思也没有时间去编一套故事，所以他就三言两语把实情全讲了出来。

"上帝保佑小可怜儿！那么，你并没有偷东西？"

"没有。"

"上帝保佑你的小小的心儿！我相信你没有偷。哦，上帝引导孩子，因为孩子是无辜的！从庄园出来，穿过哈塞沃狩猎地，从刘斯威特峭壁上面下来！谁听说过这样的事？如果没有上帝的引导，怎么可能？你为什么不吃面包？"

"我吃不下。"

"这面包挺好，是我自己做的。"

"我吃不下。"汤姆说。他把脑袋支在膝盖上，然后问道，"今天是礼拜天吗？"

"不是，嗯，你为什么这样问？"

"因为我听见响着礼拜天的教堂钟声。"

"上帝保佑你的可爱的心儿！孩子病了。跟我来，我找个地方让你歇一歇。如果你不是一个扫烟囱的小家伙，看在上帝分上，我会让你躺我自己的床的。跟我来吧。"

但是汤姆想站却站不起来，他太累了，脑子里晕乎乎的，她只好帮他一把，扶着他往前走。

她把他带到外屋，让他躺在芳香松软的干草和一张旧的小地毯上。她吩咐他好好睡一觉，消除路途疲劳。她还说，一个小时以后，放了学，她就来看他。

然后她又走回了里屋，她想，汤姆很快就会熟睡的。

但是汤姆并没有睡。

他没有睡着，而是以最奇异的方式翻来覆去，蹬腿踢脚；他觉得浑身燥热难受，只想到河里去凉快凉快。然后他半梦半醒地睡着了，在梦中，他听到那个洁白的小姑娘哭着向他嚷道："哦，你太脏了，去洗一洗。"

然后，他又听到那个爱尔兰女子说道："想干净的人会干净。"

接着，他又听到教堂的钟声在响，那么洪亮，离他那么近。他又一次确信不疑地认为，随便老妇人怎么说，今天是礼拜天。他要去教堂，看看里面是什么样。因为他没去过。这个可怜的小家伙，一生中从来没有到教堂里面去过。

但是人们是不会让他这样去的，像他这种满身烟灰、肮脏不堪的样子。他首先得到河里去洗一洗。他一遍又一遍地大声说："我必须干净，我必须干净。"但是，他是在半醒半睡之中，并不知道自己说的话。

突然，他发觉自己不在外屋的干草上了，而是在草地中间，在路那边，眼前就是那条溪流，他继续说着："我必须干净，我必须干净。"

他是在半睡半醒之间，自己走出来的。有的孩子身体不怎么好的时候，会在睡梦中从床上起来，在房间里走来走去，汤姆正是这样走出来的。

但是他自己一点也不感到奇怪。他沿着小溪河的河岸向前走，在青草上躺下，看着清澈的石灰石溪水。河底的每一颗鹅卵石都光亮清洁，而银色的小鳟鱼一看到汤姆那张黑乎乎的脸，立刻就吓得窜逃开去。

他把手浸到水里，发觉它那么凉、那么凉、那么凉。他说道："我将变成一条鱼，我将在水中游泳，我必须干净，我必须干净。"

于是他脱下了衣服，他脱得那么快，把衣服都撕坏了。它们本来就是非常破烂非常旧的衣服，太容易坏了。他把可怜的疼痛发烫的小脚放进水里，然后又让水淹到小腿；他浸入水中越深，他脑袋里的钟声就越响。

汤姆说："啊，我得赶快洗洗干净，现在钟声已经非常非常响了，很快就会停止的，然后教堂的门就会关上，我就永远进不去了。"

汤姆弄错啦：在英国，教堂的门在服务时间是一直开着的，任何人想进去都可以进去，教徒可以进，不信教的也可以进。只要来人表现得很安静，如果有谁胆敢赶他出去，就会受到公正的老英国法律的惩罚。那是他罪有应得，谁叫他命令安静平和的人走出上帝的屋子呢？那是大家的地方，对所有人一视同仁。但是汤姆不知道这一点，还有许多许多的事，人人都应该知道的，他也不知道。

他一直没有看见那爱尔兰女子，不过这一次她不是在他后面，而是在他前面。

在他到达河边之前，她已经走进凉爽清澈的溪水；头巾和裙子都从她身上漂走了。水草漂浮着，绕在她身上；水百合漂浮着，缠在她头上；溪水中的仙女从水底上来，用手臂架着她离开，沉入水中。因为，她是所有这些仙女的女王；也许，她还是更多的仙女的女王呢。"你到哪里去了？"她们问她。

"我去把病人们的枕头弄平，把甜美的梦吹入他们的耳朵；我打开了村舍的窗扉，把闷热浑浊的空气放出去；我劝说小孩子们远离传染热病的肮脏水沟和池塘；我尽可能地帮助那些不愿意自己帮助自己的人。

"这些事都微不足道，但是我已经做得很累了。不过，我给你们带来了一个新的小弟弟，在回来的路上我一直在照顾他的安全。"

真好!又来了一个小弟弟,所有的仙女们都开心地笑了。

"但是,姑娘们,你们要记住,现在他还不能见你们,也不能知道你们在这儿。现在他还只是个野孩子,像动物一样,他必须向动物学习。所以,你们不要和他玩,不要和他说话,不要让他看见你们,只要不让他受到伤害就行了。"

因为不能和新来的小弟弟一起玩,仙女们都很不开心;但是,她们一向都很听话。

她们的女王顺着溪流漂下去了。她从哪里来,就到哪里去。但是,这一切汤姆一点也没有看见,也没有听见。也许,即便他看见或听见了,这个故事也不会有什么两样。

他那么热,又那么渴,恨不能立刻变干净;所以,他尽可能快地投到清澈凉爽的水里去了。

他入水还不到两分钟,就一下子睡着了。这是他一生中所进入的最最安静、最最喜悦、最最舒适的睡眠。他梦见了这一天清晨他经过的绿草地,那些高大的榆树,熟睡的母牛。然后,他什么也梦见不到了。

他进入这样快乐的睡眠的原因是非常简单的,但是还没有谁找出这个原因。很简单,仙女们使他睡着,把他带走了。

有些人认为,死记硬背表兄①谈天说地的时候就是这样对小孩子们说的。嗯,也许真的没有:在美国波士顿没有,他

---

① 此书用的是给作者的幼子亚瑟讲故事的口吻,这里指的应为亚瑟的表兄。

是在波士顿长大的。那儿只有一大群笨头笨脑的小精灵,他们得砰砰砰地敲桌子,人们才听得见他们。但他们就是以此为生的,我看哪,他们想要的也就是这么点儿。煽动鼓惑姨妈发表政治经济学议论文的时候,也说没有仙女。嗯,也许真的没有:在她的政治经济学里面没有。但是,我的小小伙子,这个世界很大(感谢上天幸好如此,不然夹在硬衬布和理论中间,我们有些人会被挤坏),有许多地方给仙女们住,让人们见不到她们;当然,在合适的地方,还是可以见到她们的。

你知道,世界上最最美妙奇异的事物,正是那些谁也见不到的事物。你里面有生命,正是你里面的生命使你生长、行动和思考,但是你见不到这个生命;蒸汽发动机里有蒸气,正是蒸气使发动机转动,但是你见不到蒸气。

所以,世界上是可能有仙女的。也许,正是她们使这世界运行,按着这支古老的歌的曲调:

是爱,是爱
爱使世界变成圆的

但是,除了那些心儿跟着这曲调转的人,没有人能看见她们。无论如何,我们假装有仙女吧。有许多时候,我们不得不假装,这一次并不会是最后一次。不过,其实也并没有必要假装。必须有仙女,因为这是个童话故事;如果没有仙女,哪儿来童话故事呢?

你有没有看出这里面的逻辑?也许没有。所以呀,在许多这一类大题目中,别去找什么逻辑。在你的胡子变白以前,你会听到这种题目的。

那位慈祥的老夫人在十二点钟放了学以后,回来看汤姆;但是汤姆不见了。她寻找他的脚印,但是地面很硬,看不出脚印。正如亲爱的老德文郡的人们所说的那样。如果你长大后成为一个勇敢健康的男子汉,也许就会明白没有脚印意味着什么。而且我希望你会明白一个脚印意味着什么:一个宽宽的脚印,带有钝爪痕,一个男人看到后,会熄掉雪茄,咬住牙齿,束紧腰带;希望你明白,男人如果有权利的话,他的权利是什么:峭壁顶端,猎犬的吠叫声,鹿的第三角叉①,鹿角叉;希望你在哈登树林和坎提斯伯里悬崖之间看到些值得一看东西,好人帕尔克·柯林斯先生给你指路,你摔断了骨头时他给你接骨。只不过,当那个快乐的日子来临时,千万不要摔断你的脖子;我确信,你是不会陷在泥沼里的,因为你是个天生的荒野收割者。

于是老夫人很生气地走回里屋,她觉得,小汤姆编了一套假话捉弄了她,假装生病,然后又逃走了。

但是第二天她改变了对汤姆的看法。

---

① 这里用的是 tray 这个词的另外一个意思(常用词义是"托盘")。

这就又要说到约翰爵士了。他和其余一大帮人跑得透不过气来，把汤姆追丢掉以后，只好打道回府，那副样子别提多傻了。

当约翰爵士从保姆那儿了解到更多的事情以后，他们的样子就更傻了。

当他们从艾莉小姐，就是那个穿白衣服的小姑娘那儿，了解到事情的整个经过以后，他们都傻愣了眼。

艾莉小姐所看到的一切，就是一个可怜的、黑黑的、扫烟囱的小孩，呜呜咽咽地哭着，跑过去，想重新爬回到烟囱里。当然，她吓坏了。但是，这就是事情的全部经过。

那个孩子并没有拿房间里的一针一线；从他沾满烟灰的脚印来看，在保姆去抓他以前，他从没有离开炉边地毯半步。这件事完全搞错了。

所以，约翰爵士叫格林姆回家去。他许下诺言：如果格林姆好好地把那个小男孩带到他面前，不打孩子，让他核实事情的真相，他就给他五个先令。因为他和格林姆都认为，汤姆当然在回家的路上。

但是那天晚上汤姆并没有回到格林姆先生那儿。格林姆就去了警察局，叫警察去找那个男孩子。但是一点汤姆的消息也没有。至于汤姆已经穿过大沼泽地去了温德尔，是他们做梦也想不到的事，那就像让他们想象汤姆已经到月亮上去了一样。

所以，第二天格林姆先生又去哈塞沃庄园的时候，一副愁眉苦脸的样子。

但是当他到达的时候，约翰爵士已经翻过小山，到很远的地方去了。格林姆先生只好整天坐在外屋仆人的门厅里，喝着烈性的麦酒，借酒浇愁。在约翰爵士回到庄园以前，他的愁早就被酒浇灭了。

因为好人约翰爵士那天一夜没有睡好，他对他的太太说："亲爱的，那孩子一定进了松鸡禁猎地，迷了路了；我对这孩子感到良心有愧，心头很沉重，可怜的小家伙。不过，我知道自己应该怎么做。"

所以，第二天凌晨五点钟他就起了床，走进洗澡间，穿上猎装和打绑腿的高筒靴，走进牲口栏。他的模样正是一个优雅的英国老绅士。他的脸像玫瑰一样红，手像桌子一样结实，背像小公牛一样宽。

他吩咐他们牵上他打猎骑的矮种马，吩咐管家跟在马后面，吩咐那些猎人，和第一个帮猎人赶狗的人，第二个帮猎人赶狗的人，和助理管家，用皮带牵上猎狗。

那是一条大猎狗，像小牛一样高，身体的颜色像沙石路，耳朵和鼻子的颜色像桃花心木，嗓门像教堂的钟一样响。

他们把猎狗带到汤姆逃进树林去的地方，猎狗抬高了大嗓门，把他所知道的一切告诉他们。

然后，猎狗把他们带到了汤姆爬上墙的地方，他们把墙推倒，全体穿了过去。

然后，那条聪明的猎狗带着他们越过松鸡禁猎地，越过荒野，一步一步，非常慢地向前走。你知道，汤姆的气味已经是前一天的了，已经因为天热和干旱变得很淡。这正是狡猾的老约翰爵士清晨五点钟就动身的原因。

最后，猎狗来到了刘斯威特峭壁的顶端，他停下来，吠叫着，仰起头看着他们的脸，好像在说："我告诉你们，他从这儿下去了！"

他们无法相信，汤姆竟然走了这么远；当他们看着那可怕的悬崖的时候，他们根本无法相信，汤姆竟然敢于面对它。但是既然狗这么说，事情就是真的。"上帝原谅我们！"约翰爵士说，"如果我们真的找到了他，他一定是躺在谷底。"

他用他的巨大的手拍拍他的巨大的大腿，问道："谁愿意从刘斯威特峭壁下去，看看那孩子是否还活着？唉，要是我年轻二十岁，我一定亲自下去！"就像这个郡任何一个扫烟囱的人一样，如果他年轻二十岁，他真的会那么做。

然后，他说："谁把那孩子活着带上来交给我，我给他二十英镑！"他说到做到，这是他一向的作风。

这一次，在这群人中，多了一个小小的侍从，这个小伙子真的是一个非常非常小的侍从，他就是骑马到那个大院里，叫汤姆他们去扫烟囱的那个小侍从。

他说："二十英镑无所谓，如果只是为了那个可怜的孩子的缘故，我愿意到刘斯威特峭壁下面去。因为，他是爬到烟囱里去的孩子中讲话最有礼貌的小家伙。"

说完，他就到刘斯威特峭壁下面去了。在悬崖顶上，他是一个非常聪明的侍从；在悬崖底下，他则是一个非常狼狈的侍从。

因为他绑腿扯坏了，裤子裂开屁股露了出来，夹克衫撕破了，背带拉断了，长筒靴开了口，帽子丢了；最糟糕的是，衬衫上的别针掉了，那是他非常引以为荣的东西，因为它是金的，是他在莫尔顿①的一次抽奖售卖活动上中彩得来的。那别针顶上雕着一匹母赛马，正是高贵的老酒膜②，栩栩如生。所以呀，那真是一个惨重的损失。

但是他连汤姆的一根头发也没有找到。

同时，约翰爵士和其余的人在绕路走，他们向右走了足足三里路，再绕过来，到了温德尔，来到峭壁下面。

当他们来到老夫人的学校时，所有孩子都跑出来看。老夫人也出来了，当她看到约翰爵士的时候，她行了个很深的礼，因为她是他的一名佃户。

"喂，老太太，你好吗？"约翰爵士说。

"像你的背一样宽的祝福给你，哈塞沃。"她不称他约翰爵士，只是叫他哈塞沃，因为这是郡北的风俗。"欢迎来到温

---

①莫尔顿：英国北约克郡的一个镇子。
②老酒膜：十九世纪英格兰北部一匹著名的冠军赛马。

德尔，不过，在一年中的这个时候，你不是来猎狐狸的吧？"

"我在打猎，而且找的是奇怪的猎物。"他说。

"上帝保佑你的心。什么事情让你一大早就看上去那么伤心？"

"我在找一个迷路的孩子，一个扫烟囱的孩子，逃出来的。"

"哦，哈塞沃，哈塞沃，"她说，"你一直是一个正直的人，非常仁慈。如果我把他的消息告诉你，你不会伤害那可怜的小家伙吧？"

"不，不，老太太。我恐怕，我们从家里出来追他，完全是因为犯了一个悲惨的错误。猎狗追踪他到了刘斯威特峭壁，然后……"

听到这里，老太太忍不住放声大哭起来，打断了他的话。"那么，他跟我讲的完全是真话，可怜的小乖乖！啊，第一个想法总是最正确的，一个人只要愿意听听自己的心怎么说，它就会引导你做正确的事。"说完这些，她把一切都告诉了约翰爵士。

"把狗带来，让他找。"约翰爵士只说了这么一句，牙关咬得紧紧的。

狗立刻被放了出去。他从村舍后面走开去，越过小路，穿过草地，跑进一小片赤杨树林；在一棵赤杨树的树根旁，他们找到了汤姆的衣服。这样，他们该知道的都知道了。

那么汤姆呢？

啊,现在要进入这个美妙故事中最美妙的部分了。当他醒来的时候,哦,他当然会醒来;孩子在睡足了对他们有益的一段时间之后,总是会醒来的。

当他醒来的时候,他发现自己在溪水中游泳,身体只有四英寸长,我说准确些吧,3.87902英寸长;在他的咽喉周围的腮腺区域有一圈外翻的腮(我希望你明白这些难懂的字眼),就像一只水蜥幼体的腮那样。①他去扯它们,弄疼了自己,才发现那并不是花边饰带;他意识到它们是自己的一部分,最好别去动它。

其实,仙女们已经把他变成了一个水孩子。

一个水孩子?你从来没有听说过水孩子。也许没有。这正是为什么要写这本书的原因。世界上有许多事情你从来没有听说过,其中有一大部分从前没有人听说过,还有许多将来也没有人会听说。至少,在卡克西格斯②来到之前会如此。他来到的时候,人类将成为万物的尺度。

"水孩子这样的东西世界上是没有的。"

你怎么知道没有呢?你去那儿找过?如果你去那儿找过,没有找到,也不能证明不存在。假设加思先生在艾弗斯莱树林没有找到狐狸,(人们有时担心他永远找不到),并不能证

---

①这里作者很严谨。水蜥幼体的体长正是四英寸左右,而成年水蜥的体长可达二十四英寸。

②卡克西格斯:作者杜撰的怪名字,不存在的人。

明不存在狐狸这种东西。英国有那么多树林森林，艾弗斯莱树林只是其中的一小片；天底下有那么多江河湖海，我们只认识几条小河、几个池塘而已。一个人除非走遍天下看不到有水孩子，他是无权说水孩子不存在的。记住，那跟没看到水孩子是完全不同的两回事。还从来不曾有人走遍天下，也许将来也不会有。

"但是，如果有水孩子，至少有人捉到过一只吧？"

嗯，你怎么知道没有人捉到过呢？

"但是，他们如果捉到了，会把它放在酒精瓶里，或者送到伦敦新闻画报社，也可能会切成两半，把那可怜可爱的小东西，一半送到欧文教授那儿，另一半送到赫胥黎教授那儿去，看看他们怎么说。"

啊，我亲爱的小小伙子！正像你在这个故事结束之前会看到的那样，这种事情最终并没有发生。

"可水孩子是违反自然的呀。"

嗯，可是，我亲爱的小小伙子，等你长大些，你一定要学会用一种很不一样的方式来谈论这种事。对于你置身其中的这个神奇伟大的世界，谈论它时不要说"不对"、"不可能"；对于它，最聪明的人也只了解最小的一个角落，就像伟大的艾萨克·牛顿爵士说的那样，只不过是个孩子，在无边的海洋的岸边捡了几颗卵石而已。

不要说这个不可能，那个违反自然。你并不知道大自然是什么，能做什么；谁也不知道。即使是罗德里克·麦奇生爵士、欧文教授、塞奇威克教授、赫胥黎教授、达尔文先生、法拉第教授、格罗夫先生①，或者是大人教好孩子要尊敬的其他任何伟大人物，也都不知道。他们都是非常聪明的人，他们说的话，你都要毕恭毕敬地听；我确信他们绝不会说："水孩子不可能存在。那是违反自然的。"但即使他们那样说了，你也要等一等，看一看，因为他们也可能犯错。只有那些读过煽动鼓惑姨妈的议论文，或者死记硬背表兄的谈话录的孩子；只有那些去听科普讲座，看一个人一两个钟点指着墙上几幅很丑的大图，或者用瓶子和喷射器制造出令人作呕的气味，称之为解剖学或化学的人，才会说"不可能"，"违反自然"。比较聪明的人是不敢说有什么事物违反自然的，除非它违背数学真理。因为二加二不可能等于五，两条直线不可能相交两次，部分不可能与整体同样大，等等（至少，目前来讲似乎是如此）。但人越是聪明，就越少说"不可能"。"不可能"是一个轻率而且危险的词，一个人如果用得太频繁，仙女们的女王就很可能突然现身，吓他一大跳。使乌云打雷，让跳蚤咬人，就是她干的；她对所有人一视同仁，一样费心劳神。他们说她不可能，然而她不但能够现身，而且愿意现身，无

---

① 这些都是英国十九世纪的著名人物，依次为地质学家、解剖学家加动物学家、生物学家、地质学家、博物学家加教育家、生物学家、物理学家加化学家、音乐评论家。

论他们是否赞成。

所以呀,世界上是有几十种几百种那样的事物的。若不是整天看到它们在眼皮子底下活动,我们肯定会说它们违反自然。小小的一些种子,会长大成为植物和树,长大后的形状与原先完全不同;这些树又会长出新的种子,种子又长成新的树。假如人们从来没有见过这样的事,他们肯定会说:"这是不可能的,这违反自然。"就像说其他大部分事物不可能一样,他们说这件事"不可能"会显得很正确。

再打个比方,假如你是个旅行者,比如说你是杜差如大人①,从大家不知道的地方来,这儿没一个人见到过,或者听说过大象。你描述大象的模样,对大家说:"那种大兽的形状、图样、解剖图是这样的。这是他的脚,这是他的躯干,这是他的白齿,这是他的獠牙,其实根本不是獠牙,只是他两只门牙疯长成了这么长。这是他的头颅剖面图,倒是很像一只蘑菇,还真不像是一只合情合理或不合情理的野兽的不合情理的头颅。还有这个,还有那个。尽管这大兽(我向你们保证,我看见过,而且开枪打到过)是圣经中那种毛茸茸的小沙番②的第一层近亲,猪的第二层亲戚,我怀疑还是兔子的第十三层或十层亲戚,但他是所有动物里最聪明的,除了读书写字

---

① 法裔美国探险家、人类学家、作家。
② 一种红棕色的兔子,产于叙利亚,在圣经中被视为不洁之物。

和算账以外,什么事都会做。"大家肯定会说:"胡扯。你的大象是违反自然的。"他们会认为你在讲故事。勒维伦①回到巴黎,说他打到一只长颈鹿时,法国人就是这么想的;英国水手说在英国水变成大理石、雨像羽毛一样落下来时,食人岛的国王就是这么想的。那些人懂科学比较多,会对你说:"你的大象是个不可能存在的妖怪,根据现有的知识,是违背比较解剖学定律的。"你多一点思考,对这些话就会回答得比较少。

那些有学问的人,不是一直坚持飞龙是一种不可能存在的妖怪吗?直到最近二十五年他们才改过来。如今我们不是已经知道,有好几百个有学问的人,在世界各处发现了飞龙化石吗?人们称之为翼手龙,那只是因为他们那么长时间否认飞龙有可能存在,不好意思称之为飞龙。就在最近,不是有个德国人,发现那些飞龙有的虽然模样像蜥蜴,却有羽毛?这真是再怪异不过了。要是末尾这一条跟如今人们所说的自然还不算矛盾,真不知道怎样才算矛盾了。

人们只因为没有见到过诸如此类的事物,就凭空认为它们不存在,真好比未开化部落的人没见到过蛮荒的森林里跑火车头,便凭空认为不可能存在那样一种东西。这就是真实情况。比较聪明的人知道,他们的职责是查明存在的事物,

---

① 勒维伦:法朗索瓦·勒维伦,法国探险家和鸟类学家。

而不是确定一件事物不存在。他们知道有大象,他们知道曾经有过飞龙。他们中越是聪明的人,越是不会轻易地断然说没有水孩子。

事实上就是没有水孩子?嗯,古时候的智者说,陆地上有的每样东西,水里面都有它的翻版。你会发现,如果说这话并不完全正确,跟许多日子以来你可能听到的大多数别的理论相比,也差不多一样正确。有陆地上的孩子,为什么没有水中的孩子呢?难道不是有水耗子、水蝇、水蟋蟀、水蟹、水龟、水蝎子、水老虎和水猪、水猫和水狗吗?

难道不是有海狮和海熊、海马和海象、海鼠和海刺猬、海剃刀和海笔、海梳子和海扇子吗?

至于植物,难道不是有水草和水毛茛、水芹草等等无穷无尽的东西?

但所有这些东西都只是取了差不多的名字,水里的东西跟陆地上的东西并不真的是同族。

不一定都是这样。有的不但同族,而且实际上就是同一种生物,这种情形有千百万例。绿蜉蝣、桤木蝇和蜻蜓,小时候也是在水中生活的,等脱皮以后才离开水;难道你连这一些也不知道?汤姆也是换了皮肤。既然水里的动物能不断地变成陆上的动物,陆地上的动物为什么有时不能变成水里的动物呢?不要被死记硬背表兄的任何论点压制住,你要像男子汉似的勇敢面对他,这样来回敬他(当然,态度要恭敬):

如果死记硬背表兄说,假如有水孩子,那他们肯定得要长成水里的大人呀,你就问他,他怎么知道水孩子没有长成大人?然后你再问他,他怎么知道他们非长成大人不可;阿德斯伯格山①那些洞穴里的洞螈②,不是没有长成完整无缺的蝾螈吗?

如果他说,一个陆地上的孩子,居然变成水孩子,真是太奇怪了,你就问他,有没有听说过裂虫、吸虫或者普通水母的转化?对于这件事,德夸菲吉斯③大人说得好极了:"一个人如果看见自家鸡鸭场里母鸡生下的蛋里钻出来一只爬行动物,这只爬行动物立刻又生出无数的鱼和鸟儿,有谁不会大声喊叫发生了奇迹?但是水母的一生之奇妙比之毫不逊色。"你问问死记硬背表兄知不知道这一切;如果他不知道,你就叫他亲自去探查一下,劝他(当然,态度要非常恭敬)不要再先确定有什么奇怪的事情不可能发生,先去看看每天有什么奇怪的事情正在发生。

如果他说,生物是不可能退化的,也就是说,变成低等的形态,你就问他,谁告诉他水孩子比陆地上的孩子低等的?就算水孩子低等吧,他知不知道普通的鹅颈藤壶所发生的奇

---

①阿德斯伯格山:位于德国萨克森州境内。
②洞螈:原文 Proteus,全称 Proteus anguinus,两栖类动物,蝾螈属下的唯一一个种。
③德夸菲吉斯:法国人类学家。

怪的退化？人们发现，那种东西附着在船底。它们的一些近亲发生的退化还要奇怪，太令人震惊、太丑，人们简直不愿意谈论。

最后一点，如果他说（他肯定会这么说），这种转化只发生在低等动物身上，高等动物身上不会发生，你就说，对于小男孩儿，对于一些大人，那是一种很奇怪的凭空想象。既然低等动物的变化很奇妙，很难发现；为什么高等动物就不能发生更加奇妙、更加难以发现的变化呢？难道，人，这万物之王、万物之花，就不可以发生比其余一切生物更加美妙的变化吗？就好像世博会①比兔子洞美妙得多一样？让他来回答这个问题。如果他说（他会那么说的），这种转化他没有亲历亲见，不必相信，你就恭恭敬敬地问他，他的显微镜是哪儿来的？我们每一个人来到这世界时，不是都经历过一种像海胆或蝴蝶那样的奇妙的转化吗？理性和类比法，还有圣经，不是告诉我们，那种转化并不是最后的转化吗？还有，虽然我们不知道自己会变成什么，但我们在这里就好比爬着的毛毛虫，将来会化成完美的飞蝶。这些道理，古希腊人两千年前就明白了。如果死记硬背表兄的见识还不如他们，我真的要不把他放在心上了。你这样说下去，说下去，直说到

---

①世博会：指1951年在伦敦举办的第一届世博会，此书首次出版的时间是1860年。

他十分生气为止。然后你告诉他，如果说其实并没有水孩子，至少是应该有水孩子的；你这样说，他至少是答不上来的。

  同时我要对你说，亲爱的小小伙子，对于大自然，在你知道得比欧文教授和赫胥黎教授加起来还要多得多之前，请不要对我说不会发生什么，也不要凭空说某样东西太不可思议了，不可能是真的。"我们受造奇妙可畏。"老大卫说①。我们也是，我们周围的每一样东西，甚至那张冷杉木桌子，也都是这样。是啊，已经非常非常受造奇妙可畏的，是那张桌子：现在它立在那儿，只是几块没有生命的冷杉木，却仿佛如狐狸所说、鹅相信的那样，精灵可以使它跳舞，你敲敲它，它就会和你说话。

  我说这些话是很认真地吗？哦，不，亲爱的。你难道不知道，这是一个童话故事吗？全是在说着玩，全是在假设？你一句话也不必相信，即使是真话？

  但是无论如何，汤姆身上发生了这种变化。所以，管家、马夫和约翰爵士犯了一个很大的错误。他们在水中找到了一个黑乎乎的东西，说它是汤姆的尸体，说汤姆已经淹死了。他们很悲伤，至少约翰爵士很悲伤，其实这是毫无道理的。

  他们完全错了。汤姆活得好好的，并且比以前任何时候都干净和快乐。你知道，仙女们把他洗干净了，在流得很急

---

  ①这句话出自《诗篇》第139首第14行，《诗篇》是耶和华的敬拜者大卫辑录的赞美诗集。

的河水中彻底地给他洗了个澡。不仅他身上的脏东西,而且他的整个外皮和外壳都被完全洗掉了。

可爱的、小小的真汤姆被她们从里面洗了出来,游走了;那就像一只蜉蝣把宝石和丝绸做的茧弄破,仰着身子钻出来,划着水到岸边,在岸上褪掉皮,变成小飞蛾飞走了,扇动着四片黄褐色的翅膀,悬着长长的腿,伸着长长的触须。

那些小飞蛾是些蠢家伙,如果你在夜里开着门,它们就会飞进来,扑到蜡烛火里去。但愿汤姆是一个比较聪明的家伙,现在,他已经安全地离开了他的沾满烟灰的旧壳子了。

但是好人约翰爵士弄不明白这一切,在他的头脑里,这就意味着汤姆已经淹死了。他翻开汤姆壳子上的空口袋,发现里面没有珍珠、没有钱,除了三颗大理石的石子儿、一颗系着线的玻璃纽扣以外,什么也没有。

这时候,约翰爵士做了他一生中第一件像是哭泣的事情,他非常痛苦地责备自己,其实他没有必要痛苦成这样。他哭了,当马夫的小伙子哭了,猎人哭了,老太太哭了,小姑娘哭了,挤奶妇哭了,老保姆哭了:因为这多少是她的错,夫人也哭了。

但是管家没有哭,要记得,前一天早晨他在汤姆面前表现得多么好。他追逐偷猎者耗干了水分,身体里再也挤不出眼泪来了,就像皮革里挤不出牛奶一样。格林姆也没有哭,因为约翰爵士给了他十个英镑,他在一个礼拜之内就把这笔钱喝酒喝了个精光。约翰爵士四处派人，跑出去好远，寻找汤姆的爸爸妈妈；但是要等到世界末日他才会找到他们，因为他们一个已经死了，另一个在博特尼湾①。

而那个小姑娘将整整一个礼拜不玩布娃娃，她永远忘不了可怜的小汤姆。

不久以后，在温德尔的教堂墓地里，爵士夫人给小汤姆竖了一个漂亮的小墓碑，在它下面埋着汤姆的壳子。溪谷里所有年老的居民都一个挨着一个，躺在一块块墓碑下面。

每个礼拜天，那位老太太都在汤姆的墓碑前放上一个花环；后来，她实在太老了，再也不能摇摇晃晃地走到外面去；那时，那些小孩子就替她去放花环。

她坐着纺织的时候，总是唱一首非常、非常古老的歌，她把她织的东西叫作她的结婚礼服。孩子们都弄不明白她唱的是什么，但是他们对那支歌的喜爱却一点也不因此而减少，因为它非常甜美、非常悲伤，对于他们来说，这就够了。下面就是这支歌的歌词：

> 当整个世界还都年轻，小伙子，
> 所有的树木碧绿生光；
> 每一只傻鹅都是天鹅，小伙子，

---

①博特尼湾：又称植物学湾，澳大利亚东南部的一个小海湾。早年澳大利亚是英国的罪犯流放地，这里暗示汤姆的父亲是罪犯。

水孩子

每一位少女都是女王；
快为靴子和马儿叫好，小伙子，
跑出去满世界兜风转圈子：
年轻的血必须有它的渠道，小伙子，
每一条狗都得有他的日子。

当整个世界变得年老，小伙子，
所有的树木都变得枯黄；
所有的运动都疲惫不堪，小伙子，
所有的车轮都破旧损伤；
请爬回家去找安身的地方，
同老弱病残的人待在一块儿：
上帝让你找到一张脸庞，
是大家年轻时你爱过的人儿。

这就是那首歌的歌词，但是它们只是歌的身体；而歌的灵魂，是那亲爱的老妇人那甜美的脸庞和甜美的声音，还有她唱出的甜美的古老气氛，还有，啊啊！那些无法言喻的东西。

最后，她变得实在太老态龙钟、太僵直无用了，天使们只好来把她带走；她们帮她穿上那件结婚礼服，载着她飞过哈塞沃荒野，再往那边飞，飞往非常遥远的地方。而温德尔又来了一位新的女教师。

这些时候,汤姆一直在河水中游泳,他脖子上围着一圈漂亮的腮环,像蚱蜢一样活蹦乱跳,像刚从海里游到淡水中的鲑鱼一样干净清爽。

　　现在,如果你不喜欢我的故事的话,就到教室里去学习乘法表吧,看看你是否更加喜欢那东西。毫无疑问,有些人会那样做。对他们来说有多么不好,对我们来说就有多么好。有人说,世界是由各种各样的人组成的。

第三章

善于祈祷的人也善于爱
爱世人,也爱走兽与鸣禽;
最会祈祷的人最善于爱
爱伟大与渺小的一切生灵:
因为爱我们的亲爱的上帝
他创造众生,也爱众生。

——柯勒律治

汤姆完全是两栖动物了。你不知道这是什么意思?

那你最好就近去请教一下老师,他可能会非常敏捷地回答你,比如:

"两栖动物。名词,从两个希腊词演变而来。amphi,鱼;bios,兽。鱼加兽,我们无知的祖先设想的一种动物;因此,它像河马一样,在陆地上能活,在水中也能活。"

无论那是怎么一回事，汤姆现在是两栖动物了。而且更让人高兴的是，现在他已经很干净。他生平第一次感觉到，除了自己的身体，没有别的东西沾在身上是一件多么舒服的事。

但是他只知道享受这种舒服，并不理解它，也不去想。就像你，享受你的生活和健康，却从来不去想活着和健康意味着什么；也许，在很久以后，你才不得不去想！

他一点也不记得自己以前很脏，其实，他把以前所有的麻烦全忘记了。什么挨累、挨饿、挨打、被赶去扫黑乎乎的烟囱等等，全都不记得了。自从那次甜美的睡眠以后，他忘记了他的师傅、哈塞沃庄园、洁白的小姑娘……总之一句话，他忘记了以前生活中发生过的一切事情。

最让人高兴的是，他也忘记了所有从格林姆那儿，以及常和他一起玩的那些野孩子那儿学来的脏话。

当你来到这个世界，变成一个陆地上的孩子的时候，你什么也不记得；你知道，这并没有什么奇怪。那么，他变成水孩子以后，什么也不记得了，这又有什么奇怪呢？

那么你有过前生吗？

谁知道呢，我亲爱的孩子？一个人只有记得前生所在的地方发生过的一些事，才知道有没有前生。既然我们什么也不记得，我们就一无所知；也没有任何书本，或任何别的人，能够确定无疑地告诉我们。

从前有个聪明人，一个非常聪明、非常好的人，写了一

水孩子

首诗,描述一些大概有过前生的孩子的感觉,他是这样说的:

> 我们的出生只是个睡眠和遗忘的过程;
> 伴生的灵魂,我们的生命的星辰
> 曾经在别处闪烁光芒,
> 来自遥远的地方:
> 我们来时并非赤身裸体,
> 并非全然没有记忆,
> 我们曳着荣耀的云霞之光
> 来自上帝,他是我们的故乡。

就这么多,再没有办法知道更多了。不过,我要是你的话,我会相信这种说法。因为那样一来,大仙女科学只会对你好,永远不会伤害你;接下来好像是她来做所有仙女的女王呢,要做好多年。那样一来,你就不会和别人一起,凭空想象是你的身体制造了你的灵魂,就像蒸汽机能自己制造焦炭一样;也不会和别人一起,凭空想象你的灵魂和身体无关,只是插在身体里面,像一根针插在针垫上一样,抖一抖它,只要一下,就会掉出来。你会相信唯一的真理,

正统的,	归纳法的,
推理的,	演绎的,

哲学的，	诱人的，
合逻辑的，	多产的，
无可辩驳的，	有益健康的，
唯名论的，	舒适的，
唯实论的，	
无论如何会被接受的，	

也就是这篇美妙的童话的教义：是你的灵魂制造了你的身体，恰如蜗牛制造了他的壳。至于其他的，我们只要确定一点就够了：不管我们有过前生还是不曾有过，我们都要继续今生。不过我希望，并不是像可怜的、没有开化的汤姆那样，因为他往下走，到水里去了。而我们呢，我希望会往上走，去一个很不一样的地方。

但是汤姆在水中非常快乐。在陆地世界的时候，他工作得太累、太苦了；而现在，作为补偿，在水中他将有很长、很长一段时间什么也不用做，天天放假。

现在，他什么也不用做，自由自在，自得其乐；在凉爽清澈的水世界里，有许多美丽可爱的事物等着他去看。在这个世界里，太阳永远不会太热，霜永远不会太冷。

他吃什么呢？也许是水芹，也许是水粥和水奶；陆地上的孩子不都是吃粥和奶这样的东西么？但是我们对水里的东西十分之一也不知道，所以，水孩子吃什么我们是答不上来的。

有时,他沿着河底满是砾石的光滑河道向前游,观看水蟋蟀。他们在石头中间进进出出,就像陆地上的野兔一样;

有时,他爬过突出的岩石,看到成千上万的矶鹞悬在天空上,每一只鸟都长着一个可爱的小脑袋和两条小腿,向周围张望着。

有时,他钻进一个安静的角落,观察水蜉蝣吃腐烂的草茎。她们那副贪馋的样子,就像你吃葡萄干布丁的时候一样。

他还看到她们用丝和胶水造房子。她们都是想象力很丰富的女士,没有一个在两天里使用同一种材料。一位女士会先找到几块卵石,然后找一片水草把他们沾上,再找到一个贝壳,也把他沾上去。

可怜的贝壳是活着的,根本就不是应该用来造房子的东西;但是水蜉蝣根本就不允许他提出一点点抗议,她很自私,就像人往往很自私一样。

她再沾上一片腐烂的小木片,然后是一块光滑的粉红色石头,等等。拼拼凑凑,大功告成,造出来的东西就像戏中小丑的外套。

然后,她找到一根比自己的身体长五倍的稻草,说道:"啊哈!姐姐有尾巴,我也会有一个。"

说完,她把他沾在背上,得意扬扬地开步走,其实,这样走路有多么不方便呀。

那根尾巴,变成了那个池塘里水蜉蝣引诱别人的最时髦的打扮，好像她们是在去年五朔节长池①的最前头似的。她们全都步子摇摇晃晃，屁股上翘着长长的稻草，不时绊到别人腿中间，摔到别人身上。

这副丑态真是滑稽透了，惹得汤姆咯咯发笑。后来汤姆不笑了，他哭了。但是你知道，她们是对的，因为人必须总是赶时髦。

有时他来到很深的河段，在那儿，他见了水森林。如果你看到了，你会说，那不过是一些小水草。

但是你得记住，汤姆只有很小一点点，东西在他的眼里，要比在你的眼里大一百倍。好比一条鲦鱼在找食吃时，能够看到水里的小生物；而你要在显微镜下面才能看得见。

在水森林里，他看到了水猴子和水松鼠。不过，他们都是六条腿。除了水蜥和水孩子以外，水里几乎所有动物都是六条腿。他们在树枝中间非常敏捷地奔来奔去。

水森林里也有花儿，成千上万朵的水花。汤姆去摘他们，但是他的手刚碰到他们，他们就缩进去，变成一团黏糊糊的东西。这时，汤姆才发现，他们都是活的，各种形状、五颜六色的美丽铃铛、星星、轮子和花朵都是活的生物。他们都活着，而且像汤姆一样在忙自己的事。

---

①五朔节长池：五朔节，基督教重大节日之一，又称圣神降临节、降灵节。这里的五朔节长池指五朔节的游行队伍。

这时汤姆才发现,原来,世界上的东西真是丰富多彩呀,比他第一眼看到时不知要多出多少。

还有一个奇妙的小家伙,他住在一个用圆砖造的房子里,从房顶上伸出脑袋向外面偷看。他有两个大轮子和一个小轮子,轮子上都是牙齿;这些齿轮旋转着,不停地旋转,就像打谷机里的轮子一样。

汤姆停下来盯着他看,想知道他会用自己的机器做什么。

你猜他会做什么?做砖头。他用两个大轮子把漂浮在水里的泥巴全扫到一起,把其中的好东西放进肚子里吃掉,把烂泥放进他胸前的小轮子里。

小轮子其实就是一个安着牙齿的圆洞。他就在这个洞里把烂泥纺成一块干净、坚硬的圆砖。他把圆砖取出来,砌在他的房子的墙头上,然后着手做下一块砖。瞧,他难道不是一个聪明的小家伙吗?

汤姆就是这样认为的。他想和造砖者说话,但是他忙得不可开交,而且他很为自己的工作骄傲,根本不愿意理睬汤姆。

你要知道,水里的所有动物都会说话,只不过他们说的话和我们不同。他们说的话,很像马儿、狗、牛和鸟儿互相交谈时说的话。汤姆不久就听懂了,并且能和他们交谈。所以,只要他是一个好孩子,就可以有非常令人愉快的朋友。

但是我很难过地告诉你,他和别的小孩子太像了,非常喜欢追赶动物,和他们捣蛋。不为别的,只是闹着玩玩而已。

有人说，孩子免不了这样，他们控制不住自己，这是天生的。

其实，不管是不是天生的，小孩子能够控制自己，而且应该控制自己。

即使他们真的天生就像猴子，喜欢淘气，搞低级、有害的恶作剧；也并没有理由说，他们就应该像猴子，别的什么也不懂，尽管去搞恶作剧。

所以，孩子们不应该折磨不会说话的动物。要知道，如果他们干了这种坏事，一定会来一个老太太，给他们应有的惩罚。

但是汤姆不知道这一点。他招惹、捉弄和欺负水里的可怜的小东西们，把他们折磨得很伤心。最后，他们都怕他了，远远地躲着他，或者躲到壳子里去。这样一来，就没有谁和他说话，也没有谁和他一起玩了。

他成了一个不快乐的孩子。水里的仙女们看到了，心里当然很难过，很想把他找来，告诉他，他太淘气了。她们想教他学好，想和他一起玩、一起闹；但是女王不准她们这样做。

汤姆必须通过接受教训自己学会一切。他必须像其他许多愚蠢的人要经历的那样，在各方面获得刻骨铭心的经验。虽然，有许多仁慈的心一直在关心和怜悯他们，非常想教给他们一切；但是，那一切他只能自己教自己。

有一天，他终于找到了一只水蜻蜓。他希望她从房子里伸出头来向外看，但是她的房门紧闭着。

以前，他从来没有见过水蜥蜴的房子有门；这一下，可真是给这个爱管闲事的小家伙行方便啦；他只要拉开门，看看那可怜的女士在里面做什么就行了。

多可耻！你是不是喜欢什么人破门而入，闯进你的卧室，看看你在床上时的尴尬模样？

汤姆就是这样把门弄成了碎片。那是一扇最美丽可爱的、加栅栏的门。它用丝做成，上面缀满了一块块亮闪闪的水晶。

他向门里面看时，水蜥蜴伸出了头。她的头已经变成了鸟头的形状。

汤姆和她说话，但是她却不能回答。因为，一顶非常干净的粉红皮肤的新睡帽，把她的嘴和脸包得紧紧的。

但是，如果说她没有回答的话，其他所有的水蜥蜴都回答了。

她们举起手，像《斯图威尔的彼得》①中的猫一样尖叫着："哦，你这个下流坯，讨厌鬼，又来捣蛋了！她正躺下来休眠，不久她会长出无比美丽的翅膀，翩翩飞舞，产下很多很多的卵。

"现在，你弄破了她的门，她没法修了，因为她的嘴绑起来休眠了，她会死的。谁让你到这儿来烦我们，害我们，要我们的命的？"

汤姆游走了。他为自己感到非常害臊，他觉得自己是个

---

①《斯图威尔的彼得》：德国小人书。当时在欧州各国的孩子中间非常流行。

一无是处的废物。小孩子们做错了事,嘴上又不愿意承认时,就是这样的。

他来到了一个池塘,里面全是小鳟鱼。他去折腾他们,捉他们,他们从他的手指之间滑掉,吓得蹦出了水面。汤姆捉他们的时候,渐渐走近了一棵赤杨树的树根,树根下有一个很大的、黑洞洞的旋涡。

一条巨大的棕色的老鳟鱼从旋涡里冲了出来。他有汤姆的十倍那么大,向汤姆直冲过来,把他吓得魂都掉了。我不知道还有什么情景比这更加可怕。

他气呼呼、孤零零地走开了,这是他应得的惩罚。

在靠近岸边的一块地方,他看到一个很丑、很脏的动物坐在那儿。他的身体大约只有汤姆一半那么大,有六条腿、一个大肚子,滑稽无比的脑袋上长着两只大眼睛,脸很像驴子。

"哦,"汤姆说,"你是个丑家伙,没错!"

汤姆对他做鬼脸,把鼻子凑近他,像那种很粗野的孩子那样招呼他。

这时候,嗨,转眼之间!那张驴子脸一下子什么都没了,突然伸出来一只长长的手臂,手臂上长着一副钳子,一下子就抓住了汤姆的鼻子。

这并没有怎么伤着汤姆,但是汤姆被紧紧地夹住了。

"啊呀!哦,放开我!"汤姆哭叫着。

"那你也放过我。"那动物说,"我想安静,我要裂开了。"

汤姆保证不再打扰他,他便放开了汤姆。

"你为什么要裂开?"汤姆问。

"因为我的哥哥姐姐都裂开,变成了有翅膀的美丽动物,所以我也想裂开。别和我说话。我觉得我就要裂开了。我要裂开了!"

汤姆静静地站在那儿,看着他。他膨胀,裂开,把身体伸直,最后,嘭,啪,砰,他的背打开,掉下,然后向上裂开到脑袋。于是,他里面的身体出来了。

那是一个纤细、优美、柔软的身体,像汤姆的身体一样柔软光滑,但是非常苍白虚弱,就像小孩子在一个黑暗的房间里病了很久那样。

他一边无力地移动着腿,一边有些害羞地看着自己,就像小姑娘第一次去舞厅时那样。然后,他慢慢地沿着一根草茎走上去,露出了水。

汤姆非常惊讶,整个过程中他一句话也没有说,只是瞪大了眼睛看。他也浮上去,把头伸出水面,想看看下面会发生什么。

那个动物坐在温暖明亮的阳光下。阳光使他全身发生了一种奇妙的变化。他变强壮结实了,身上渐渐出现了各种最可爱的色彩:蓝的,黄的和黑的;圆点,条纹和圆圈;从他背上,伸出了四片长着亮晶晶的棕色纱网的大翅膀;他的眼睛变得很大,几乎长满了他整个的头,像一万颗钻石一样闪闪发光。

"哦,多漂亮的动物呀!"汤姆说着,伸手去抓他。

但是那东西盘旋着飞到空中,用翅膀平衡着在空中停留了一会儿,然后,停在了汤姆跟前不远的地方。他一点也不害怕汤姆。

"不,"他说,"你抓不到我,现在我是一只蜻蜓了,我要在阳光下跳舞,在河面上空捉东西吃,捉蚊子,找一个像我一样漂亮的妻子。我知道我将做什么,啊哈!"

说完,他飞到空中去了。

"哦,回来,你回来,"汤姆叫道,"你这个漂亮的动物!我没有人一起玩,我在这儿太孤单了。如果你愿意,你就回来吧,我再也不捉你了。"

"我才不去管你捉不捉我呢,"蜻蜓说,"你根本就抓不到我。不过,等我吃过午饭,再稍微看一下这个漂亮的地方以后,我会回来,跟你稍微聊聊我旅途上看到的东西。唉,这是一颗多么大的树呀!树叶子这么大。"

那只是一颗大酸模草。

但是你知道,蜻蜓从前只看到过很小的水树,像星星草、芢草和水毛茛之类的东西,从来没有见过真正的树。所以,酸模草在他的眼睛里就特别的大。

另外,他很近视,鼻子跟前一码以外的东西就看不见。那些身体不及他一半大的许多小家伙们看见东西的距离,也并不比他短。

蜻蜓飞回来了。他和汤姆说了个没完没了。说到自己身上的色彩和大翅膀,他有些自高自大。但是你知道,在他的前半生中,他只是一个肮脏、丑陋、可怜的动物,所以,他这样自负是完全可以原谅的。

他非常喜欢讲自己在树上和草地上见到的美妙的事物,汤姆也很乐意听他讲,因为他完全忘记自己见过他们了。他们俩很快就成了一对非常要好的朋友。

我非常高兴地告诉你,那一天汤姆上了很有用的一课;从这以后,他有很长时间没有折磨动物。那些水蜉蝣对他也变得很温和了,常常给他讲奇妙的故事,比如她们造房子的方法,她们怎样换皮,最后变成长翅膀的飞蛾。听着听着,汤姆竟然也想有一天褪了皮,像她们一样变成长翅膀的飞虫了。

鳟鱼也和他亲近了。鳟鱼如果受到过恐吓和伤害,很快就会忘记的。汤姆常常和他们玩野兔和猎狗的游戏,大家都玩得非常开心。他常常试着蹦出水面,就像阵雨到来前鳟鱼所做的那样,头朝下脚朝上来一个鱼跃;但他从来没有做成功。

他最喜欢看他们升上去吃苍蝇,那是他们在大橡树的影子下面巡游的时候。那儿常有甲虫啪的一声掉到水里,还有绿螟蛉无缘无故地从树枝上拖着丝线挂下来,然后又同样无缘无故地改变他们的愚蠢念头,把丝一收,重新回到树上,再把丝卷成一个球，抓在爪子中间。

那是一个非常聪明的走钢丝演员玩的花样，布朗丁和廖塔德①都做不出来。但是谁也说不出，绿螟蛉他们为什么费那么大的事儿来这样做。因为布朗丁和廖塔德表演杂技是为了谋生；而绿螟蛉并不能通过吊断脖子来维持生活。

当他们接触到水的时候，汤姆常常去抓他们。他还抓桤木蝇、跳跳虫、公鸡尾巴蜉蝣和蜘蛛。

那些蜘蛛有黄色的、棕色的、青色的和灰色的。他把他们抓来送给他的鳟鱼朋友。这样做也许对苍蝇他们不太仁慈；但是一个人有能力的时候，是必须做一些好事来向朋友表示友好的。

最后，他连苍蝇也不抓了，因为他偶然地和一只苍蝇混熟了，发现他也是一个令人愉快的小家伙。

事情是这样发生的，我说的一点都没有掺假。

在七月份一个炎热的日子里，汤姆正浮在水面上，一边晒太阳，一边捉蜉蝣给鳟鱼吃。这时候，他看到了一个新品种的苍蝇，一个长着棕色脑袋和深灰色身体的家伙。

其实他是个很小的家伙，但是他对自己极为重视，就像人们应该做的那样。他昂起头，翘起翅膀，竖起尾巴，并且

---

①布朗丁和廖塔德：布朗丁，法国杂技演员，擅长走钢丝。曾数次走钢丝跨越北美尼加拉河；廖塔德，可能是当地一位著名的杂技演员。

支棱着尾巴尖上的两把小刷子。总之,他是所有小小伙子中最神气的小小伙子。事实证明他不愧为最神气的,因为他不但没有逃走,而且跳到汤姆的手指上,像九尾精一样勇敢地坐在上面。

他用你有生以来听到过的最最细小、最最尖脆、最最锐利的小声音叫嚷着:"真的非常感谢你的好意,但是我还不需要。"

"什么需要不需要?"汤姆问,小家伙的无礼使他吃了一惊。

"你的腿。感谢你伸出腿来让我坐。我必须马上走,去照看一会儿我的老婆。天哪,家庭是一件多么麻烦的事呀!"他说。

其实,这个小游民根本什么事也不做,让他的可怜的妻子独自孵所有的卵。他并没有马上走,而是继续说道:"我回来的时候,如果你仍然把腿伸在那儿等我,我会非常高兴的。"

汤姆认为,他这种人脸皮很厚。五分钟后他回来的时候,汤姆觉得他的脸皮比原来所想的还要厚。

他说:"你等累了吧?嗯,你的那一条腿也这样伸出来。"

他砰地一下落在汤姆的膝盖上,用他那尖锐的声音没完没了地说开了:"那么说,你住在水底下?那是个低级的地方。我在那儿住过一段时间,身上弄得非常破烂,非常脏。我待不下去了,另找出路。所以我变得受人尊敬,到上面来,穿上了这套灰衣服。这是一套非常像样的衣服,你看是吧,是不是?"

"真的非常干净朴素。"汤姆说。

"是啊,一个人应该朴素、干净、受人尊敬,但是在一个人成家以后,这些东西就差不多完了。我已经很厌倦了,事实上就是这样。我想,我做了太多的事,上个礼拜为了谋生我已经受够了。所以,我要换一套跳舞的衣服,出去逛逛,做一个潇洒的人,看看花花世界,跳一两场舞。一个人能快活为什么不快活呢?"

"那你的妻子怎么办?"

"啊!她是个非常平庸愚蠢的东西,事实就是这样,她什么也不想,只想她的卵。如果她决定跟我出去,那好,她就去;如果她不想去,那好,我就一个人去,现在我就走。"

他说话的时候,脸色变得十分苍白,然后一点血色也没有了。

"哎,你病了!"汤姆说。

但是他没有回答。

"你要死了。"汤姆说。

汤姆盯着站在他膝盖上的苍蝇看,就像看着一个鬼。

"不,我没有!"一个很细、很尖的声音在汤姆头顶上说,"我在上面呢,穿着我的跳舞衣服;那只是我褪下的皮。哈,哈!你变不出这种戏法吧!"

水孩子

这种戏法汤姆变不出，侯丁、罗宾、费里克尔①也变不出。那个小游民把自己的皮完全地褪下来，脱开身去，让它站在汤姆膝盖上。这个壳子上眼睛、翅膀、腿、尾巴都全，一点也不缺，就像个活的。

"哈，哈！"他笑着。

他飞快地跳上跳下，一刻也不停，好像患了舞蹈病。

"现在我是个漂亮小伙子了吧？"

他说得没错。现在他的身体是白色的，尾巴是橘黄色的，眼睛里闪着孔雀尾巴上的所有色彩；最奇妙的是，他尾巴尖上的刷子比原来长了四倍。

"啊！"他说，"现在我要去看看花花世界了。我的生活不会花费很多钱的，因为，你看，我没有嘴，也没有内脏；所以我永远不会饿，也不会肚子疼。"

的确没有了。他变得又干又硬又空，就像一根鸡毛管子。这止是那种愚蠢、空心、没有心肝的家伙应该长成的样子。

但是他一点也不为自己的空虚害臊，反而引以为自豪，就像许多文雅的绅士那样。

他轻轻地跳动着，飞上滑下，唱着歌：

妻子跳舞我唱歌，

---

①侯丁、罗宾、费里克尔：都是当时有名的魔术师，依次是法国人、德国人和荷兰人。

日子过得好快活；
这种事情最聪明，
驱散忧愁心欢乐。

他这样上下飞舞了三天三夜，最后累极了，掉进水里，顺水漂走了。他变成了什么，汤姆就不知道了。那家伙自己也并不在意，汤姆听到他最后还在唱：

他漂在水上还唱着："驱散忧愁心——欢——乐！"

他自己不忧愁，别人还替他忧愁什么。

汤姆碰上了一次新的奇遇。有一天，他正睡在水百合的叶子上，他的朋友蜻蜓也在，他们在看蚊子跳舞。蜻蜓已经吃蚊子吃了个饱，静静地坐着，差不多要睡着了。因为天气实在是太热，太阳实在是太耀眼了。

对可怜的兄弟们的死，那些蚊子一点也不在意，他们依然昏天黑地、头重脚轻地跳着舞，高兴得忘乎所以。一只大黑苍蝇停在离蜻蜓鼻子不到一英寸的地方，在用爪子洗脸和梳头；但是蜻蜓一点也没有发觉，他继续和汤姆聊天，讲他在水里生活的时候发生的事情。

突然，汤姆听到从溪流上游传来最奇怪的噪音。咕咕咕、呼噜噜、呜呜呜、吱吱吱，好像你在袋子里装了两只野鸽子、九只耗子、三只土拨鼠和一只瞎了眼睛的小狗，把他们丢在里面不管，让他们尽管自个儿嚷嚷时发出的声音。

他向上游望去。

看到的和听到的一样奇怪。一只球不断翻滚着向下游漂来,第一秒钟看上去,他是一只长着棕色毛皮的球,第二秒钟看上去,他是一个闪亮的玻璃球。

但那并不是一只球。因为,他有时打开,一团团漂开来,然后又重新收拢,而且他发出来的噪音一个劲儿地越来越大。

汤姆问蜻蜓那是什么,蜻蜓当然不知道。因为他很近视,虽然那东西离他们已经不到十码,他还没有看到呢。

所以,汤姆沉到水里,靠在一块最光滑的露头石上,开始自己观察。那个球滚到近前,打开来,变成了四五个很漂亮的动物,每一个都比汤姆大好几倍。

他们游动着、打着滚儿、潜到水里、缠在一起、扭打着、拥抱、亲嘴、咬、抓,他们那种样子,简直是可爱极了,从来没见过。

如果你不相信,你可以去佐罗几克公园看看。难道你会说,水獭不是你见过的最最快乐、最最灵巧、最最优美的动物?

他们中个子最大的一个看见了汤姆,她从同伴中冲出来,用水里的语言叫嚷着,声音十分尖锐:"快,孩子们,有东西吃了!"

她一边叫喊,一边向可怜的汤姆冲过来。她的两个眼睛那么凶,一副牙齿那么锋利,一张嘴巴张得那么大。

汤姆原来还认为她非常漂亮可爱,这时候对自己说:"这就是漂亮可爱的真正面目。"

他尽量飞快地钻到水百合的根之间,然后转过身来对着她做鬼脸。

"出来,"那个很凶的水獭说,"否则对你更不利。"

汤姆从两丛密密的水百合根中间看着她,用尽全身力气摇晃着它们,不停地向她做吓人的鬼脸;就像他从前在陆地上生活时,隔着围栏向老妇人龇牙咧嘴做怪相一样。毫无疑问,这是不大有礼貌的;但是你知道,汤姆现在还没有教育好。

"走吧,孩子们,"老水獭摆出一副嫌恶汤姆的样子,说道,"说到底,那东西并不值得吃。那只不过是一只讨厌的水蜥,谁也不愿意吃他,连池塘里的那些下等的狗鱼也不要吃的。"

"我不是水蜥!"汤姆说,"水蜥有尾巴。"

"你就是水蜥,"老水獭非常独断专横地说,"我从你的两只手就看得出来,我知道你有尾巴。"

"告诉你我没有,"汤姆说,"瞧!"

他把漂亮的小身体转了一个圈儿;那当然,他没有尾巴。

老水獭想说汤姆是一只青蛙,但是话到嘴边,她又改变了主意。像许多人一样,当她说了一句话,不管是对还是错,她都要坚持。

所以她说:"我说你是水蜥,你就是水蜥;对于我和我的孩子这种上流人士,你不是合适的食物。你可以坐在这儿,等鲑鱼来吃你。"

她知道鲑鱼不会吃他,但她想吓唬吓唬可怜的汤姆。

"哈,哈!他们吃你,我们吃他们!"

水獭说,笑得那么邪恶和残酷,有时你会听到他们这样笑的。如果你第一次听到他们笑,你大概会认为那是鬼哭。

"什么鲑鱼?"汤姆问。

"一种鱼,你这个水蜥!是大鱼,很好吃的鱼。鲑鱼是鱼的领主,我们是鲑鱼的领主;"

她又笑了:"我们在池塘里上上下下追他们,把他们赶到角落里,这些蠢东西;他们太骄傲,欺负小鳟鱼和鲦鱼;看到我们来了,立刻就成了软骨头;我们就抓他们,但是我们并不把它们整个地吞下去;我们只是咬他们的柔软的喉咙,吸他们身体里的甜汁。啊,味道真好!"

说到这里,她舔舔她那张邪恶的嘴。

"然后,把这一个扔掉,再去抓另一个。他们很快就会来的,很快就来,孩子们;我能嗅到雨从大海那边来了;到时候,就可以欢呼新鲜柔软的鲑鱼的到来,就可以一整天有大堆的东西吃!"

老水獭越说越得意,头朝前翻了两个跟头,然后半个身体露在水面上,站直了,像柴郡猫[①]一样咧着嘴。

"他们从哪儿来?"汤姆问。

[①]柴郡猫:著名童话《爱丽丝漫游奇境记》中劝告爱丽丝的一只猫,它总是龇牙咧嘴地笑着。

他很小心，因为他非常害怕。

"从大海，水蜥，宽广的大海。如果愿意，鲑鱼可以待在大海里，非常安全。但是那些愚蠢的东西会离开大海，到大河的下游来；我们前来等着他们；到他们往回游的时候，我们也向下游去，跟着他们。

"我们在下游捉鲈鱼和鳕鱼吃，沿着河岸过快活的日子，在冲到河滩上的浪花里搅水、打滚，暖洋洋地睡在温暖干燥的巉岩中间。啊，孩子们，如果不是因为可怕的人类，那也是一种快乐的生活呀。"

"人是什么？"汤姆问。但是在话出口之前，他似乎已经知道答案了。

"两条腿的东西，水蜥；现在我要过来看看你，如果你没有尾巴的话，他们实际上是一种和你很像的东西。"

她认定汤姆会有尾巴。"只是，他们比你大多了，我们真倒霉！他们用钩子和线来捉鱼，有时，钩子会扎进我们的脚；他们还沿着岩石放鱼篓捉龙虾。我可怜的亲爱的丈夫出去给我找些东西吃，被他们用鱼叉戳死了。那时候，我正躲在巉岩中间。

"在陆地世界上，我们是很低等的动物，因为大海是非常粗野的，没有鱼会到岸边来给我们吃。但是他们戳死了他，可怜的丈夫啊！我看见他们把他绑在竿子上抬走。啊,孩子们，他为了你们的缘故丢了性命，他是个可怜的、亲爱的、温顺的动物。"

水獭变得非常伤感（愿意的时候，水獭也是可以非常伤感的，就像许多既残忍又贪婪、从不善待他人的人一样。），便神情庄重地带着她的孩子们顺着小溪游下去了。汤姆在那一段时间再也没有见到过她。

她幸亏离开了那儿。因为他们刚走不久，就有七条凶猛的小猎狗从上游沿着河岸扑过来了。他们到处嗅着、吠叫着、东刨西挖、溅着水，一路狂叫着追猎水獭。汤姆躲在水百合根之间，直到他们离开以后，才敢从里面出来。

他怎么能想到，那些水百合是水中的仙女们变了来保护他的。

他忍不住一直在想水獭说的话，想她所说的大河和大海。他想呀想呀，便忍不住很想游出去见见他们了。

他想得越多，便越是对他所住的这条小溪流、对他所有的同伴感到不满意。这是为什么，他也说不出。他想出去，到宽广又宽广的世界里去，去欣赏所有美妙的风光。他相信，那个宽广的世界肯定充满了美妙的事物。

有一次，他动身向下游游去；但是溪水很浅，当他来到浅滩的时候，他没法躲在水下了，因为水太少，不能淹没他。

于是，太阳火辣辣地照在他背上，使他生了病。他只好游回来，静静地在凉爽的池塘里躺了一个多礼拜。

那一段时间里，在一个非常炎热的白天过去后的夜晚，他见到了一件奇异的事。

那天,整个白天他都昏沉沉的。鳟鱼也是这样,即使挪动一英寸去抓一只苍蝇,他们也不愿意。水面上苍蝇可是有成千上万只呢。

他们在石头影子下面的水底打瞌睡,汤姆也躺着打瞌睡。他很高兴贴着他们光滑、凉爽的身体,因为水十分暖,让他不舒服。

但是,快到夜晚的时候,天空突然就黑了。汤姆伸出头来,向天上望去。

他看到一大片乌云在头顶上,从溪谷右边铺过来,从右到左盖在了两边的巉岩上。他并没有感到十分害怕,只是感到非常安静。

听不到一丝风响,听不到一声鸟鸣。然后,几滴大雨点啪啪地掉进水里,有一滴打在了汤姆的鼻子上,他赶快噗的一声沉到水里。

然后,雷轰隆隆地滚过,闪电唰地划过温德尔上空,又收了回去。从乌云到乌云,从峭壁到峭壁,电闪雷鸣,溪水中的石头仿佛都在发抖。

汤姆仰着脸,透过水看着这一切,心想,这真是他一生中见过的最了不起的事情。

但是他不敢把头伸出水面,因为掉下来的雨点子有水桶那么大,冰雹像炮弹一样擂打着溪流,搅起一团一团的泡沫。

溪水涨起来了，向下游直泻。水越涨越高，越涨越险，水里漂着的东西越来越多。稻草、蛆、腐败的蛋、木头里的寄生虫，蚂蟥，零星杂物，这个，那个，另一个，足够填满九个博物馆。

汤姆在溪流中快站不住了，他躲到了一块石头后面。但是鳟鱼没有躲，他们从石头中间冲出来，大口地吞吃甲虫和蚂蟥，那副样子真是急火火的，贪婪极了。他们嘴边挂着很大的虫子游来游去，为了互相之间分开来，前冲后退，又拖又拽。

借着闪电的光亮，汤姆看到了一个新的景象。

溪流的整个河底动起来了，一大片都是大鳗鱼，他们翻滚着，缠绕着，顺水而下。

在过去的几个礼拜里，他们一直躲在石头缝和泥洞里，汤姆一直没有见到过他们。只是在夜间，才偶尔看见他们几次。现在他们都出来了，从他身边急匆匆地涌过，一大片，气势那么大、那么猛，让汤姆感到十分害怕。

他听见他们从他身边涌过的时候互相招呼道："我们得快跑，我们得快跑。多让人高兴的大雷雨啊！下海去！下海去！"

这时，水獭带着她所有的小孩子从旁边过去了。他们一路缠绕着、扫荡着，像鳗鱼一样快。

汤姆经过的时候，水獭窥探着他，说道："喂，水蜥，如果你想看看世界，现在是时候了。快跟上，孩子们，别管那些肮脏的鳗鱼；我们明天早上用鲑鱼作早餐。下海去！下海去!"

这时,天空上划过去一个比所有闪电更亮的闪电。虽然它只亮了千分之一秒便又熄灭,但是汤姆借着它的光亮看见了,是的,他肯定自己看见了三个美丽的、穿着白衣服的小姑娘。

她们互相用手臂勾着脖子,顺水而下,唱着:"下海去!下海去!"

"啊,停下来!等等我!"汤姆叫着。

她们已经不见了。不过他仍然可以听到她们的声音。她们消失的时候,她们那甜美的声音,穿过雷电的轰鸣、穿过水的吼叫、穿过风的呼啸,清晰地传来:"下海去!"

"下海去?"汤姆说,"所有的动物都向大海去了,我也要去。再见,鳟鱼。"

但是鳟鱼正忙着吞虫子呢,根本就没有转过身来回答他。这样也好,省了汤姆和他们道别时依依不舍的痛苦。

下海去。顺着奔腾的溪流,靠着大雷雨中明亮的闪电的指引;

下海去。经过所有点缀着白桦树的岩石:它们一刹那明亮清晰如同白昼,一会儿又黑暗如同深夜;

下海去。经过旋转着水涡的河岸下那些黑洞洞的鱼穴:巨大的鳟鱼从里面冲出来,冲向汤姆,把他当成好吃的东西,但又失望地游了回去;是仙女们让他们回去的,他们竟敢打

扰水孩子,被她们狠狠地责骂了一顿;

下海去。经过急转直下的水峡和怒吼的瀑布:有一会儿,汤姆什么也听不见了,只听见水的吼声;

下海去。沿着深深地没入水中的河滩,白色的水百合在狂风和冰雹袭击下颠簸摇晃;

下海去。经过沉睡的村庄;

下海去。从黑乎乎的桥孔下穿过,向着大海,离过去越来越远。

汤姆停不下来,也不去想它;他将见到下游的世界,见到鲑鱼,见到激浪,见到无比、无比宽广的大海。

当白天的光线照进世界的时候,汤姆发现自己已经离开小溪,来到了鲑鱼河。

它是一条什么样的河呢?像不像爱尔兰的河流?那种河流弯弯曲曲从褐色的沼泽中间穿过,野鸭在睡莲中间的戏水,不时冒出水面。麻鹬飞来飞去,叫唤着:"窝哩－喂噗,把绵羊看住。"丹尼斯给你讲佩什塔摩的奇怪故事,那是一条很大的妖怪蛇,躺在黑乎乎的产泥炭的池塘里,藏在年代很久的松树树段中间,晚上牲口下来喝水,他就伸出脑袋猛扑上去咬它们。但是记住,丹尼斯说的话你一句也不要相信,因为假如你问他:

"你觉得这儿有鲑鱼吗,丹尼斯?"

"你的意系(思)是鲑鱼,系(是)吗,阁下?鲑鱼?有好兜（多）好兜（多），系（是）的，成芹（群）结队，肩兵肩从水里跳出来，我印（运）气好，看到他们了。"

于是你下去摸鱼，在池塘里摸了个遍，一条也没摸上来。

"这儿不可能有鲑鱼的，丹尼斯！你想想看，假如上次涨潮上来了一条，现在它也到了河上游的池塘里了。"

"确习（实）系（是）的，阁下你系（是）个真劲（正）的渔夫，了解得很清楚。哎呀，听你戒（这）样说，好像知道一千年的天趣（气）！我就说呢，眼下这个时令，怎么会有鲑鱼？"

"可刚才你不是说，鲑鱼肩并肩从水里跳出来吗？"

这时丹尼斯会抬起头来，用他那双漂亮、狡猾、温柔、睡意蒙眬、和善、不可信任的眼睛，爱尔兰人的灰眼睛，看着你，带着最可爱的笑容，回答道：

"确习（实）说过，我不系（是）觉得阁下会喜欢听好听的话吗？"

所以呀，你一定不要相信丹尼斯，因为他养成习惯了，总是拣好听的话来回答。不过你不要生他的气，你一定要记住，他是个可怜的爱尔兰仔，不懂得怎样回答别人更好。所以呀，你要突然哈哈大笑，这样一来，他也会哈哈大笑，很卖命地为你做事，一路小跑跟在你后面。如果他有本事，他会向你展示一下运动的身手，因为他是个容易动感情的家伙，又像你一样，非常喜欢运动；如果他没本事，那就对你撒些小谎，每个钟点撒一百个。他始终很纳闷,为什么可怜的爱尔兰不像英格兰、苏格兰和另外一些地方那样繁荣昌盛,那些地方的人接受了一种荒唐可笑的离奇想法,认为诚实是上策。

那条河跟威尔士①的鲑鱼河像不像呢?至少到去年为止,威尔士的鲑鱼河引人注目主要因为里面没有鲑鱼,文明的威尔士农民把鲑鱼偷捕光了,为的是阻止穷凶极恶的撒克逊人(我的小宝贝,这指的是你和你的亲戚朋友,意思跟中国话里的"鬼子"差不多)去打扰威尔士,带着上好的钓鱼用具、现钱、文明、普通的诚实,还有威尔士人不论怎样都用不着的一些别的东西。

是不是另外一个样子的一条河呢?我相信,在你头发变白之前,会颁布英明的新捕鱼法,你就会在汉普郡的渍水草甸上看到那样一条鲑鱼河。到那时候,温彻斯特②的学徒们会像三百年那样,缔结盟约,规定好一个礼拜吃鲑鱼不超过三天;在索尔兹伯里教堂尖顶的俯瞰下新进入淡水河的海鱼,会像进入新西兰基督城圣湾的一样多。在未来的好时光里,人们会明白,在上天赐予的所有食物里,最要小心保护的是可敬的绅士鲑鱼,他们那么慷慨,下海的时候体重五盎司,第二年洄游上来的时候体重已是五磅③,却不消耗一点土地,不花

---

①威尔士位于大不列颠岛的西南,同英格兰、苏格兰和北爱尔兰一样,是英国,也就是大不列颠联合王国的一部分。英国的王太子又称威尔士亲王。
②温彻斯特:汉普郡的首府。
③磅:一盎司为十六分之一磅。

费国家一个小铜板。

那条鲑鱼河像不像苏格兰的河流？亚瑟·克拉夫[1]在他的《茅屋》一诗中是这样描述的：

> 那里有一个花岗岩底的河湾，
> 琥珀色的急流从花岗岩暗礁上
> 奔流而下……水下的绿色岩石
> 映托出的水色，平添了美丽风光。
> 最美的是，涌起的泡沫溅起水珠
> 形成白色的云雾，与静寂中的素雅色彩交融……
> 两岸峭壁迭峭壁，花楸多姿，桦树枝条低垂……

啊，我的小小伙子，我想，等你长成大小伙子，在那样一条河里钓鱼的时候，你是不大会在意它是怎样一条河的。也许是一条很满的河，河水咆哮着奔流而下，就像煮沸的、溢着脂沫的咖啡。鱼儿围着你的假蚊钩[2]打转，就像划船比赛中飞快划动的橡木船桨一样；或者在瀑流中忽闪着身体，像银箭一般跃上来，钻出喷涌的泡沫。也许瀑流会渐渐收窄，成为一条线，水下的沙砾像一条收通行税的公路一样灰白；

---

[1] 亚瑟·克拉夫英国十九世纪的一位诗人和教育家。
[2] 一种样子像昆虫的鱼钩，用来冒充鱼饵骗鱼儿上钩。

而鲑鱼们聚在一起,在清澈的琥珀色池塘里,像一团乌云,用睡眠打发时间,等大雨再次从海上慢慢移回来。如果你有眼光,有头脑,是不会很在意这些的;你会悠然自得地放下钓竿,用你的眼睛饱餐那块地方的壮丽的美,听潜鸟在石头上鸣啭,观看黄色的牝鹿下来喝水。他们抬起头来,温柔的大眼睛里透着信任,望着你,仿佛在说:"你狠不下心来开枪打我们吧?"然后,假如你有见识,你会转过身去,同躺在你身边石头上晒太阳的大块头游猎向导说话。他不会对你说谎,我的小小伙子,因为他是个苏格兰人,敬畏上帝而不是牧师。你同他说话的时候,他的知识、他的见识、他的幽默感和谦恭有礼,会越来越让你感到惊讶。如果先前你还未曾发现过,这时你会发现:人不一定要在伦敦的客厅里长大才有教养,可以通过学习圣经成为一个更十足的绅士。

不。哈塞沃的鲑鱼河不一样,跟上面说的那些河都不一样。它是你在亲爱的老贝韦克的画里①见到过的那种河,贝韦克在那种河的河边出生,喝那种河的河水长大。哈塞沃的鲑鱼河足有一百码宽,从宽阔的池塘流向宽阔的浅滩,从宽阔的浅滩流向宽阔的池塘,越过铺满砂石的广阔田野,从橡树和白杨树的绿荫下流过,经过低矮的沙石陡壁,经过碧绿的青草地、美丽的花园和一座灰色岩石造的大房子,经过地势

---

① 托马斯·贝韦克,英国版画家和自然史作家。

很高的沼地，经过一座煤矿的东一个西一个直指蓝天的烟囱。你一定要看贝韦克的画，了解那条河到底是什么样子，因为他已经以一个真正的北方人的爱和细致，画了一百遍那条河。即使你对那条鲑鱼河没什么兴趣，也应该像所有的好孩子一样，了解一下你的贝韦克。

至少，老约翰爵士是这样说的；而且他还说得合情合理，他惯常这样说话：

"我听说，在法国，人家要描述一个完美的年轻绅士时，会说他'了解他的拉伯雷①。'但如果我要描述一个完美的英国年轻绅士，我会说：'他了解他的贝韦克。'我认为，这是更高的赞美。"

不过，汤姆一点也没有去想那是一条什么样的河。他心里面只有一个念头：下到宽广又宽广的大海里去。

不一会儿，他来到了一个崭新的地方。河流展开来，变成了宽阔安静的浅滩；它太宽了，汤姆从水中伸出头来看，真是一眼望不到边。

在这儿他停了下来。他稍微有些害怕。

"这一定就是大海了，"他想，"多么广阔的地方啊，如果我继续游，游到里面去，我一定会迷路的；或者，会有什么奇怪的东西出来咬我。我得在这儿停一停，等一等水獭、鳗

---

①拉伯雷是文艺复兴时期法国最杰出的人文主义作家。

鱼或别的动物，问一问应该怎么走。"

他稍稍向后游了一点路，在河流开始变成广阔的浅滩的地方，找了个石头缝，爬了进去。他向外面张望着，等待别人经过，问一问路。但是，水獭和鳗鱼早在他前头过去，已经在河流前面很多英里了。

他在那儿等啊等啊，睡着了。因为他已经游了一整夜，十分疲劳。他醒来的时候，河水的水位虽然很高，但不浑浊了，而是变成了美丽的琥珀色。不一会儿，他看到了一个景象，它使他跳了起来，因为刹那间他就明白了，那正是他要来看的东西之一。

这么大的一条鱼！比最大的鳟鱼还要大十倍，比汤姆要大一百倍。它逆水向上游，就像汤姆顺水向下游一样容易。

这么美的一条鱼！身上从头到尾闪着银光，零零星星地点缀着深红色的圆点，巨大的钩形鼻子，巨大的弯嘴唇，巨大的亮眼睛，像国王一样骄傲地转过头去望一望，审视着左右的水域，好像那全属于他。他一定是鲑鱼，所有鱼的王。

汤姆害怕极了，很想找个洞钻进去。但是他用不着，因为鲑鱼全都是真正的绅士。

像真正的绅士那样，鲑鱼看上去非常高贵骄傲；但是，他们也像真正的绅士那样，从不伤害别人或与别人争吵；他们只管忙自己的事，从不与粗野的家伙计较。

鲑鱼仔细地看了看汤姆的脸，然后对他毫不介意地继续向前游去。他的尾巴打了一两下水,使水流重新又翻腾起来。

几分钟以后,又来了一条鲑鱼,然后又是四五条,不断有鲑鱼从汤姆眼前经过。

他们逆水而上,用银色的尾巴有力地击打着水,跳上大瀑布,不时地完全跃出水面,跃过岩石,一瞬间在阳光中闪耀着耀眼的光芒。汤姆高兴极了,即使让他在这儿看一整天,他也愿意。

最后来的一条鲑鱼特别大,比其他所有的鲑鱼都大。但是他游得很慢,并且回过头去看身后,好像很着急,很忙。汤姆看到,他在帮助另一条鲑鱼,那是一条特别漂亮的鲑鱼。她身上一个斑点也没有,从头到尾都是纯银色。

"亲爱的,"特大鲑鱼对他的同伴说,"你看上去真的累坏了,刚开始的时候你不要用尽全力。在这块石头后面休息一下吧。"说着,他用鼻子把她轻轻地推到汤姆休息的那块石头旁边。

你要知道,她是特大鲑鱼的妻子。因为,鲑鱼像别的绅士一样,总是挑选一位女子,爱上她、对她忠诚、关心她、为她工作、为她战斗,就像每个真正的绅士应该做的那样。

他们不像粗俗的下波鱼、斜齿鳊和狗鱼,那些鱼是不重感情、不关心妻子的。

特大鲑鱼看见了汤姆,非常凶地看了他一会儿,好像要把他吃掉似的。

"你在这儿干什么?"他非常凶地说。

"哦,别伤害我!"汤姆叫道,"我只是想看看你,你那么英俊。"

"啊!"鲑鱼非常严肃,但又非常有礼地说,"请你多多原谅;我知道你是谁了,亲爱的小东西。以前我见过一两个像你一样的动物,发现他们非常令人愉快,举止非常得体。事实上,他们中有一个最近对我非常好,我希望能回报他。希望我们没有妨碍你。这位夫人休息好以后,我们立刻就继续赶路。"

他是一条教养多么好的老鲑鱼啊!

"你以前见过我这样的动物?"汤姆问。

"见过几次,我亲爱的。其实,就在昨天晚上,在河口,有一个来向我和我的妻子报警,说新发现河里布下了桩子网,去年冬天起就下在水里了。我不知道那是怎么回事。他还用最最可爱的、彬彬有礼的方式,领着我们绕过了那块危险的地方。"

"这样说来,大海里面也有水孩子?"汤姆拍着小手叫道,"那么,我在海里可以有人一起玩了?这多让人高兴啊!"

"这条河的上游没有水孩子?"鲑鱼夫人问。

"没有,我很孤独。我想,昨天晚上我见到了三个,但是她们一晃就过去了,向大海游去了。所以,我也要下海去,因为,除了水蜥蜴、蜻蜓和鳟鱼以外,我没有谁可以一起玩。"

"嗯哼！"鲑鱼夫人嚷道，"那种朋友多么低级呀！"

"我亲爱的，如果说，他和低级动物做过伴儿，他当然没有学他们那种低级的样子。"她丈夫说。

鲑鱼夫人说："没有，真的，亲爱的可怜的小家伙！但是和水蛴螬这种动物生活在一起，对他来说是一件多么不幸的事情呀，他们有六条腿！蜻蜓也是这样！唉，不要说别的了，吃也不好吃；我吃过一次，他们都又硬又空；至于鳟鱼，谁都知道他们是些什么东西。"

说到这里，她噘起了嘴唇，看上去非常的瞧不起人。同时，她丈夫也噘起了嘴唇，一直噘到看上去好像和阿西比亚德①一样骄傲。

"你为什么连鳟鱼也不喜欢？"汤姆问。

"亲爱的，如果能回避的话，我们连提都不愿意提他们。我很抱歉地说，他们是我们的亲戚，但对我们不守信用。许多许多年以前，他们和我们一样，但是他们变得又懒又馋，又怯懦，不愿意每年下海去看看广阔的世界，去长得肥壮一些。

"而是情愿留在小溪里面东游西荡，吃虫子和蛆子。他们得到了应有的惩罚，身体变丑了，变小了，变成了棕色，浑身都是斑点。他们的品位变得十分下贱，甚至吃我们的孩子。"

"然后，他们又假惺惺地来和我们攀亲戚，"鲑鱼夫人继

---

①阿西比亚德：公元前四世纪古希腊雅典政治家和将军。

续说道,"唉,其实,我知道他们中有一个向鲑鱼女士求婚,这种卑鄙的下贱东西!"

"我希望,"鲑鱼绅士说,"我们这种鱼中没有哪位夫人会自降身份,听那种东西唠叨片刻。如果我偶然碰到这种东西,我想,我有责任把他们那些狗男女就地正法。"

老鲑鱼说道,那样子就像一位血统纯正的西班牙老绅士①。而且,他说到就会做到。

你要知道,没有哪种敌人之间的敌意比同类之间的敌意更深。鲑鱼看待鳟鱼,就像某种东西中的大家伙看待他们中的小家伙。好比有什么东西太像他们自己,让他们不能容忍。

---

①血统纯正的西班牙绅士:指低等西班牙贵族,一种傲慢、骄扬跋扈的人。

第四章

> 甜美是大自然带来的全部知识，
> 我们爱干涉的才智
> 破坏着事物的美丽形态，
> 以谋杀再解剖为能事。
>
> 够了，科学还有艺术：
> 合上这些不结果实的书页吧，
> 来，带上你的一颗心，
> 用它来观察，收受领悟。
>
> ——华兹华斯

告别的时候，汤姆警告鲑鱼，要小心邪恶的老水獭。鲑鱼离开岩石，向上游方向游去了。汤姆继续向下游方向游去，但是他沿着岸边，游得很慢，很警惕。

他游啊游啊,游了很多天。因为他离开大海还有许多英里呢。也许,如果不是仙女在暗中引导他,他永远也不会找到通往大海的路。仙女们在引导他,但不让他看到她们美丽的脸,也不让他感觉到她们温柔的手。

在游往大海的路上,他有过一次非常奇怪的历险。那是九月里一个晴朗、安静的夜晚。月光那么明亮,照进水里;使他尽管拼命闭紧眼睛,仍然睡不着觉。

他索性浮到水面上来,坐在一块小石头尖上,仰望着大大的、橙黄色的月亮。他在想,她是什么呀,他觉得她也在看着他。

他看着洒在水面上的粼粼月光,冷杉树的黑乎乎的树顶,蒙着银霜的草地;他听着猫头鹰的叫声,沙锥鸟的哀鸣,狐狸的吠叫和水獭的笑声;

他嗅着白桦树的淡淡的芬芳,还有那从很远的上游的松鸡禁猎地吹来的,一阵阵欧石楠的甜香;

他感到非常快乐,尽管他说不清为什么。当然,如果让你在九月里的一个夜晚,坐在那样一个地方,湿漉漉的背上一点衣服也没有的话,你会感到很冷的。但是汤姆是一个水孩子,所以他不会比 条鱼更觉得冷。

突然,他见到了一幅美丽的景象。一片美丽的红光,沿着河边移动着,投进水里,像一条长长的火舌。汤姆这个好奇的小淘气,下决心去看看那到底是什么。于是,他向岸边游去。那道光停在了一块矮石头边缘的浅水上方,就在那儿,汤姆遇上了它。

在那儿,在那道光的下面,躺着五六条巨大的鲑鱼。他们睁着大大的、向外突出的眼睛,仰望着那道光的光焰,摇着尾巴,似乎看到它非常高兴。

汤姆浮上水面,想更近地观看那道美妙的光,他在水里弄出了一声响。

他听到一个声音说:"有一条鱼。"

他不知道那句话是什么意思,但他似乎熟悉他们的声音,熟悉说那句话的那个东西的声音。

他看到岸边站着三个巨大的两条腿的动物。其中一个动物拿着那道光,它闪闪烁烁,并且噼噼啪啪地响着。另一个动物拿着一根长竿。

他知道,那是人。他很害怕,爬进石头中间的一个洞里。从洞里,他可以看见下面发生的事。

那个拿火把的人向水面弯下腰来,认真地看着水里,然后他说:"赤佬,捉那只大么事;伊十五镑都不罢,侬格手要捏捏紧。"①

汤姆觉得,有什么危险要降临了。他非常想警告那条愚蠢的鲑鱼,他正盯着那道光看,似乎犯了迷。

---

①这一段话是行话或黑话,故此姑妄以上海方言译之。应为:"小伙子,捉那条大的,它十五磅都不止,你手要抓抓紧。"

但是汤姆还没有来得及拿定主意,那根竿子就戳进水里了;一阵可怕的溅水声和挣扎声;

汤姆看见,那条可怜的鲑鱼被戳穿身体,从水中甩上了岸。

这时,另外三个人从后面向这三个人冲了过来。接着是一片吼叫、打斗和谩骂的声音。

汤姆恍惚记得,这些声音他曾经在哪儿听到过。现在,他一听到这些声音就直打寒战,感到十分厌恶。因为,他有点觉得,他们是奇怪的、丑恶的、错误的、可怕的。

一切他都想起来了。

他们是人,他们在打架:野蛮、不要命地打、打他个昏天黑地。这些事汤姆从前不知道见过多少次。

他捂紧自己的小耳朵,恨不能立刻从那个地方游开去;他很高兴自己是个水孩子,再也不用和那些肮脏可怕的人打交道了。那些背上穿着脏衣服,满嘴脏话的人。

他想离开,但是他不敢从洞里面出来。这时,在管家和偷猎者的践踏和打斗之下,他头顶上的岩石摇晃起来。

突然,一片大得惊人的溅水声,一道可怕的闪光,一阵呸呸声,然后一切都静了下来。

原来,有一个人掉进了水里,离汤姆很近。是那个手中拿着火把的人。他沉入了湍急的河水,在水流中不断地翻滚着。

汤姆听到岸上的人在沿着河边奔跑,似乎在找落水的人。但是,那个人已经沉没在水下深深的洞里,一动不动地躺在那儿，他们再也找不着他了。

汤姆等了很长时间，直到一点声音也没有以后，才伸出头来张望。他看见了那个躺着的人。他终于鼓起勇气向下游去，游向那个溺水的人。"也许，"汤姆心想，"水使他睡着了，就像我一样。"

他离那个人越来越近。他越来越好奇，但说不出为什么。他必须去看看他。当然，他会轻手轻脚地游过去；他绕着他游了一圈又一圈，离他越来越近。由于那人一直没有动，他终于壮起胆子游到了离他很近的地方，看清了他的脸。

月光是那么明亮，每一个特征汤姆都看得清楚；看着看着，他一点一点地回忆起来了：是他过去的师傅，格林姆。汤姆转过身，尽快地从他身边游开。

"哦，天哪！"他想，"他会变成水孩子了，他会变成一个多么讨厌的水孩子！也许他会发现我，再打我。"

于是，他向大河的上游游了一段回头路，然后，一整夜都躺在赤杨树的树根下面。但是，当早晨来临的时候，他又急着要回到大塘去了，他要看看格林姆先生有没有变成水孩子。

他非常小心。他躲在岩石后面，藏在树根下面，偷偷地张望。格林姆先生依然一动不动地躺在那儿，他没有变成水孩子。

下午汤姆又来偷看了一次。因为不弄明白格林姆先生变成什么，汤姆是不会安心的。但是这一回格林姆先生已经不见了,汤姆心想,他变成水孩子了。

他其实用不着紧张,可怜的小小伙子。格林姆先生并没有变成水孩子或别的什么类似的东西。但是汤姆很紧张,有很长一段时间,他一直担心有一天会在哪一个深深的池塘突然碰上格林姆。他怎么会知道,仙女们把格林姆弄走了呢?她们把他弄到安放落水者的地方去了,那正是他应该去的地方。可是你知道吗,发生在格林姆先生身上的这件事,对他影响非常大,他再也不偷捕鲑鱼了。毫无疑问,当一个人成了一个顽固不化的偷猎者时,治好他这个病的唯一办法是,把他放在水底下二十四个钟点,就像格林姆那样。所以呀,等你长成大小伙子的时候,你的行为一定要像所有正直诚实的人那样:没有人家的允许,决不要碰人家的一条鱼、一头猎物。那样别人才会称你为绅士,待你如绅士;也许还会让你好好运动一下,而不是拳打脚踢,把你推落到河里,或者称你为行偷猎之事的卑鄙小人。

汤姆继续向下游游去,因为他害怕待在离格林姆很近的地方。他离去的时候,整个溪谷都显得很悲伤。红的和黄的树叶像阵雨似的落进水里,苍蝇和甲虫都已经死光,秋天的寒雾笼罩着山岗,有时甚至浓浓地盖在水面上,使汤姆看不清路。

于是,他就摸索着前进,跟着水流的方向,一天又一天,经过很大的桥,经过小船和驳船,经过大的市镇,经过市镇的码头、磨坊和冒着烟的大烟囱，经过下了锚、在水面上浮沉晃荡的轮船。

汤姆不时地碰上轮船的锚链，很想知道那是什么。他把头伸出水面张望，看见水手们懒洋洋地在甲板上抽烟斗。他又重新潜入水中，因为他害怕得要死，怕被人们捉住，再变成扫烟囱的孩子。

他并不知道，仙女们一直在他身旁，遮住水手们的眼睛，不让他们看见他，使他避开磨坊的水槽、下水道的出口和其他肮脏危险的东西。

可怜的小家伙，对于他来说，这是一次忧郁的旅行。他不止一次恨不能返回温德尔去，和鳟鱼一起，在夏日的灿烂阳光下游戏。但是这不可能，事情过去了，就一去不复返；人们永远不可能再回到小时候，连水孩子也是一样，人只能活一次。

另外，那些想出去看看广阔世界的人，例如汤姆，都一定会发现，那是一次疲倦的旅行。如果他们没有灰心，没有半途而废，而是继续勇敢地走下去，到达终点，那就是他们的幸运。汤姆正是这样。如果半途而废，那就成了不伦不类：既不是小男孩，也不是男子汉；既不是鱼，也不是肉，也不是好的熏青鱼；学了不少东西，但还没有学到足够的本领；播种了野燕麦，却没有得到收割的利益。

汤姆始终是一条勇敢无畏、意志坚定的英国叭喇狗，他从不知道什么是被打败。他坚持游下去，游下去……终于，他透过雾气，看到远处有一个红色的浮标。他非常惊奇地发现，水流回过身，向陆地这边涌过来。

当然，这是潮水，但是汤姆不知道潮水是什么。他只知道，只有一两分钟，他身边的淡水就变成了咸水。接着，他身上发生了一种变化。

他感到自己强壮、轻松、精神百倍、好像自己血管里流的是香槟酒。他自己也不知道为什么，竟然三次完全跳起来，离水面有一码高，一个鱼跃，就像鲑鱼第一次接触到高贵富有的咸水时那样。就像一些聪明人告诉我们的那样，这水，是所有生物的母亲。

潮水冲击着他，他竟然一点也不在乎。那个红色浮标就在他的视野里，在敞开着胸怀的大海里跳着舞。他要游到浮标那儿去，他游过去了。

他经过大群的鲈鱼和鲻鱼，他们跳跃着，在追逐褐虾；但是，他没有注意到他们，他们也没有注意到他。有一次，他经过一头巨大的、闪闪发光的黑色海豹。海豹是尾随着来吃鲻鱼的，他把头和肩膀伸出水面，盯着汤姆看。

汤姆并不害怕，而是说道："你好吗，先生？大海是多么美丽的地方呀！"

那只老海豹没有去吃他，而是用柔和的、睡意蒙眬、老是在眨巴的眼睛看着他，说道："祝你碰上好潮水，小小伙子；

你在找哥哥姐姐吗？我在外面碰见了他们，他们都在那儿玩。"

"哦，那么，"汤姆说，"我终于有伙伴一起玩了！"

他游到浮标那儿，爬上去坐了下来，因为他已经累得上气不接下气了。他向四周看，寻找水孩子，但是看不见。

轻柔清新的海风吹过来，带着潮水，吹散了大雾。浮标周围，细细的波浪快乐地跳着舞；老浮标也随着波浪一道跳舞。

一片片云彩的影子在明亮的蓝色海湾上赛跑，互相之间却从来追不上。

潮水欢快地冲上宽阔的白色沙滩，跳过岩石，想看看里面的绿色田野是什么样子。它们摔下来，摔成了碎片，但是它们一点也不在意，又向上冲。

燕鸥在汤姆的头顶上翱翔，就像巨大的、白身体黑脑袋的蜻蜓；海鸥欢笑着，就像姑娘们玩耍时的笑声一样；红嘴红腿的海喜鹊，在海岸与海岸之间飞来飞去，他们的鸣叫声甜美悦耳，又充满了野性。

汤姆看啊看啊，听啊听啊，这时只要能见到水孩子们，他就会十分地快乐了。当潮水返回大海的时候，他离开了浮标，游到各处去寻找水孩子们，但是他白辛苦了。

有时，他觉得自己听到了他们的笑声，但是，那其实只是波浪的笑声。有时，在海底，他觉得自己看到了他们，但是，那些其实不过是白色的和粉红色的海贝。

有一次，他蛮有把握地认为找到了一个水孩子，因为，他见到两只明亮的眼睛从沙中向外张望。于是,他下潜到海底,把沙扒开,嚷道:"别躲了,我太想有人一起玩了!"

从沙里跳出来一只大菱鲆,他歪着丑陋的眼睛和嘴,沿着海底噗噗地跳走,把可怜的汤姆撞到了一边。他坐在海底,哭泣着,流着咸的眼泪,彻底失望了。

游了这么多的路,面临着这么多的危险,但是仍然找不到水孩子们!太难了!是啊,看起来的确是很难;但是,如果不付出等待,不付出劳动,人们,即使是小孩子,是无法想什么就有什么的。这一点,你总有一天会明白。

汤姆在浮标上坐了许多天,许多个礼拜。他望着大海的远处,希望水孩子们在某一天回来;但是,他们没有回来。

于是,他开始打听。各种奇奇怪怪的动物从大海外面归来,他向他们每一个打听水孩子,有的说"见过",有的说根本就没见过什么水孩子。

他问鲈鱼和绿鳕,但是他们贪婪得要命地追着褐虾,根本顾不上回答他一个字。

接着,来了整整一大片紫色的海蜗牛。他们一个接一个地漂过来,每一个都躺在一片满是泡沫的海绵上。

汤姆说道:"你们从哪儿来,你们这些美丽的小动物?你们见过水孩子吗?"

海蜗牛答道:"我们从何处来,我们不知;我们往何处去,谁又能晓?我们在大海中央漂泊着我们的小小生命,头顶上是温暖的阳光,脚底下是温暖的墨西哥湾流,于愿已足矣。是啊,也许我们见过水孩子。我们一路航行,见过许多奇怪的东西。"

说完,这些快乐而蠢笨的东西就漂走了,全都上岸,到了沙滩上。

接着,来了一条巨大的、懒洋洋的翻车鱼,它肥得就像半片猪,它的模样也像半片猪,好像是塞到衣橱里被压平的一样。与他的巨大的身体和巨大的鳍相比,他的嘴小得就像小兔子的嘴一样,比汤姆的嘴也大不到哪儿去。当汤姆向他询问时,他用尖尖的、微弱的声音回答说:"我肯定不知道,我迷路了。我打算去柴斯比湾,但恐怕有点走错方向了。天哪!都因为跟着让人舒服的暖流走。我肯定迷路了。"

汤姆再问他,他还是那几句话:"我迷路了。别和我说话,我得想一想。"

但是,就像许多许多人一样,他越是拼命想,就越是想不出;汤姆看到他东碰西撞、昏头昏脑地转了一整天。最后,海岸警卫队的士兵看见他的巨大的鳍露出水面,便划船过来,用带钩的篙子扎进他的身体,把他弄走了。

他们把他带到镇上展览,看的人每人付一便士,一整天都生意兴隆。当然,这些汤姆是不知道的。

接着,来了一大群海豚。他们是翻滚着过来的,爸爸妈妈带着小孩子,身上全都十分光滑,闪闪发亮。因为,每天早晨,仙女们都给他们进行法国式的擦拭。他们从汤姆身边经过时，非常轻非常轻地叹息着，这使汤姆鼓起勇气对他们说话。

但他们只是回答："嘘，别作声；嘘，别作声！"因为，他们只会说这个。

接着，来了一大群舒舒服服晒太阳的鲨鱼，他们中有些大得像一条小船。汤姆见了他们很害怕。但是，他们其实是些很懒、脾气很好的家伙。他们不像其他鲨鱼，不是贪婪的恶霸。

鲨鱼有许多种，像白鲨、蓝鲨、地鲨和纺锤鲨，都是些吃人的鲨鱼；像锯鳐、长尾鲛和冰鲨，都是些吃可怜的老年鲸鱼的鲨鱼。

那些鲨鱼过来了，在浮标上摩擦着他们那巨大的身体的侧面，躺在那儿，背鳍露出水面晒太阳，向汤姆挤眼睛。但是，汤姆永远无法让他们和他说话，他们吃了太多的鲱鱼，变得笨得要命。

一条运煤的方帆双桅船过来，把他们全吓走了，这使汤姆非常高兴。他们的气味太难闻了，他们没走的时候，汤姆一直捂着鼻子。

接着，来了一个美丽的动物。他就像一条纯银的缎带，尖尖的头，长长的牙齿。但是，他好像病得很厉害，很伤心。有时，他无力地侧着身体，然后向前冲一下，像白色的火焰一样闪闪发光；然后，他又病歪歪地躺着不动了。

"你从哪儿来?"汤姆问,"你怎么病得那么厉害,那么悲伤?"

"我从温暖的南、北卡罗莱那州①。来,那儿,沙滩上长着一长排的松树;那儿,鹧鱼拍打着潮水,就像巨大的蝙蝠一样。但是我一直随着温暖的、不可靠的墨西哥湾流向北流浪,最后遇上了寒冷的冰山,它们漂浮在大海中央。于是,我被困在冰山中间了,被它们的寒气冻得直发抖。

"是水孩子们把我从冰山中间救了出来,使我重新获得了自由。现在我的身体每天都在恢复,但是我很忧愁、很伤心,也许,我再也不能回到家乡,和鹧鱼一起玩了。"

"哦!"汤姆叫道,"你见到过水孩子?你在这附近见到过吗?"

"见到过,他们昨天晚上又帮助过我,否则,我已经被一条巨大的黑色海豚吃掉了。"

多让人焦急呀!水孩子就在附近,但是他找不到他们。

于是,他离开了浮标。他常常沿着沙滩,在岩石周围寻找着;晚上,他就从海水中出来就像阿诺德先生②那些非常、非常美丽的诗句里的孤独的美人鱼一样,坐在闪闪发光的海草中间露出来的石头尖上,对着十月里的落潮,叫喊着,呼唤着水孩子。

---

①南、北卡罗莱那州:美国南部的两个州。
②马修·阿诺德,1822–1888,英国诗人和评论家。

但是他从来没有听到回音。最后，因为烦恼和哭泣，他的身体变得十分消瘦和单薄。

有一天，他在岩石中间找到了一个一起玩的伙伴。可惜那不是一个水孩子，唉！那是一只龙虾。他是一只非常出色的龙虾，因为他的爪子上附着活的藤壶，这在龙虾中是一个区别等级的重要标志，像好良心和维多利亚十字勋章一样，是不能拿去卖钱的。

汤姆以前从来没有见过龙虾，他被这一只龙虾强烈地吸引住了。因为，他觉得这是他见到过的最奇怪、最有趣、最滑稽的动物。

他的想法并没有错到什么地方去。因为，世界上所有机灵的人，所有懂科学的人，所有想象力丰富的人，此外再加上所有画鬼怪的德国老画家，即使把他们的聪明都加到一块儿，也发明不出像龙虾这样如此奇怪滑稽的动物。

他的一只钳子上有瘤节，另一只钳子上有锯齿。汤姆很喜欢看他吃东西的样子：他用有瘤节的钳子拿着海草，用有锯齿的钳子切割色拉，像猴子那样闻闻食物的味道，然后放进嘴里。他吃东西的时候，那些小藤壶总是把网撒出去，在水里捞一下，他们要来分享一点随便什么剩饭剩菜，作为午饭。

但是最让汤姆惊奇的是，看着龙虾把自己发射去：啪！就像你用鹅胸骨做的跳蛙一样。当然，他弹出去的姿势是最美妙的，弹回来也是一样。如果他要钻进十码外一条窄窄的石头缝，你猜他会怎么办？

如果他一开始就头朝前，那他进去后当然就转不过身来了。所以，他把尾巴朝前，把长长的触须放平。

他的第六感觉就在这两根触须的尖尖上。谁也不知道第六感觉是什么。

他又把背直直地竖起来，作为引导；把两只眼睛向后面扭转，直到它们快脱出眼窝为止。然后，各就各位，预备，开火，啪！

他弹了出去，砰地进了洞，一边向外面张望着，一边玩弄着他的长须，好像在说："你没本事这样做。"

汤姆向他打听水孩子。他回答说见过，但是对他们没有多大好感。他们是些爱管闲事的家伙，喜欢去帮助陷入困境的鱼和贝。嗯，对他来说，要一个背上连一块壳子也没有的、小小的软身体动物来帮助，那是一件让人害臊的事情。他在世界上已经生活了很长时间了，一直是自己照顾自己。

他是个自高自大的家伙，这个老龙虾，他对汤姆不怎么客气。不久你就会听说，他在即将被人放到锅里去煮熟的时候，是怎样不得不改变想法的，那些自高自大的人总是这样。但是他很有趣，而汤姆又很孤独，他不能和龙虾吵架。他们常常坐在石洞里，聊上好几个小时。

这一次，汤姆碰上了一次十分奇异而重大的奇遇。这个奇遇实在太严重了，汤姆差一点就永远找不到别的水孩子们；

我相信，要是那样，你们会很难过的。

我希望，这会儿你们还没有忘记那位洁白的小姑娘。无论如何，现在她来了。她看去就像一位清爽、洁白的小乖宝，她过去总是这样，将来也会总是这样。事情发生在十二月那些令人愉快的日子里，那些日子白天很短，一直吹着西南风，最后圣诞老爹来了，他铺开一张巨大的白桌布，供小男孩小女孩摆放面包屑午餐，招待鸟儿——重复一遍，事情发生在十二月那些令人愉快的日子里，约翰爵士忙着打猎，家里面谁也和他说不上一句话。他一礼拜有四天打猎,收获非常丰富；另外两天他去法庭当法官，参加监护人董事会，他作的审判都非常公正。如果能及时回到家，他就五点钟吃晚饭。新时尚是狩猎季节八点钟吃晚饭，他不喜欢，认为很荒唐，会逼迫人一回到家就赶快同男仆找冷牛肉和啤酒充饥，把胃口给败坏了。然后跑到卧室睡在扶手椅里，睡得浑身发僵，累得要命，两三个钟点后才能像个绅士那样用晚餐。我的小小伙子，将来你自己成了家，要学约翰爵士。假如你既想多读书，又想多骑马，那就要坚守剑桥大学的古老又合适的作息时辰，八点吃早饭，五点吃晚饭，那样，你能一天完成两天的工作。不过，当然啦，假如你下午三点钟发现一只狐狸，追他追到天黑，离开家已经二十英里，那就不妨等到能吃上晚饭的时候再吃，比你强的人也是那样做的。只是务必要保证，你可以饿着，但不能让你的马饿着。要让他吃饱喝足，回家的时候慢悠悠地骑。你要记住，好马不是黑莓，不是树篱里面说长就长出来的。

再重复一遍，事情发生的时候，约翰爵士整天打猎，五点钟吃晚饭，吃完了就倒在床上呼呼大睡。他睡觉时发出的鼾声大得吓人，哈塞沃所有的窗户都被震得直晃，烟囱里的烟灰都被震落下来。因为没法和爵士说上话，就像没法让死了的夜莺唱歌一样，太太决定离开，让爵士同医生和代理商史文格上尉去打鼾，让他们一起心满意足、此起彼伏地打个够。于是，她带着所有的孩子到海边去了，目的是稍稍用些碘酒，给她自己和孩子们做个保健。她原本也可以待在家里，用帕里①的马疱液治疗法的，那东西马厩里有很多。那样可以省钱，还可以避免带孩子们在没有排水设施、气味令人作呕的地方借宿，使他们生病而不是身体变好（成百上千的孩子就遇上了这样的事），然后纳闷他们怎么会染上猩红热和白喉。但是人没那么聪明，不到被坏气味害死的那一天，是不会明白这一点的，但是到了那一天就晚了。另外，你知道，约翰爵士打鼾的声音实在太响啦。

她去了海边什么地方，是谁也不能告诉的。因为，我恐怕年轻的女士们会想象那儿有水孩子，去捉他们，把他们放到鱼缸里；就像庞培城，就是你们可以在画儿上看到的古罗

---

①当时英国的一位名医。

马城市，就像庞培城的女士们常常把丘比特①关在笼子里那样。但是，谁也没有听说她们把丘比特饿死，或者让他们因为肮脏，因为无人照管而死去，就像年轻的英国女士对待可怜的海洋动物那样。所以，应该没人知道太太去了哪儿。让水孩子死去跟拿走唱歌的鸟儿的蛋，同样是做坏事，因为，这两样东西虽然世界上有成千上万，没错，有好几百万，但是，仍然一个也不嫌多。

于是发生了这样一件事。就在汤姆玩耍的那一带海岸边，就在汤姆和他的朋友龙虾坐过的那些石头上，有一天，一位洁白的小姑娘，正是艾丽，在上面散步。和她一起的是一位的确非常聪明的人，他是普滕姆棱斯普厄次教授。

他的母亲是个荷兰女人，所以他出生在库拉索岛。你已经学了地理，肯定知道这里面的原因②。他的父亲是波兰人，所以他在彼得罗保罗斯基③长大，你已经学了现代政治学，肯定知道这里面的原因。尽管如此，他是一个彻头彻尾的英国人，因为他总是垂涎邻居家的东西。他的名字我说过了，叫普滕姆棱斯普厄次教授，那是一个很古老很高贵的波兰人姓氏。

我说过了，他是一个很了不起的博物学家，是食人岛国

---

①丘比特：罗马神话中的小爱神，形象是长着翅膀、手持弓箭的小男孩。
②库拉索岛是荷属安的列斯群岛中最大的一个岛，位于南美洲，靠近委内瑞拉海岸，却属于荷兰，是荷兰的殖民地。
③当时为波兰港口城市，后被俄国强占。

王新建的那所大学里的渐进性细胞新古细乌里嘛拉动植物生物学①首席教授。他以动物驯化学会的会员的身份来这儿，到英格兰海岸采集各种各样令人作呕的东西；凡是能找到的，都弄到食人岛上去放养，因为他们那儿令人作呕的东西已经剩下来不多，不够他们吃了。

他是一位十分高尚、仁慈、好脾气的小个子老绅士，非常喜欢孩子（因为至少他本人不是一个食人者）；只要全世界对他好，他也对全世界很好。他只犯过一个错误，那是雄知更鸟犯的那种错误。你如果从保姆的窗户向外看，就会看到：

如果有谁发现一条奇怪的虫子，教授一定会缠住他不放，找他的岔子，像雄知更鸟一样，撅起尾巴竖起毛，宣称是他第一个发现那条虫子的，那是他的虫子，如果不是他的，那就根本不是什么虫子。

他遇到约翰爵士是在斯卡勃罗，或者弗里特伍德，或者某地，或者另一块地方；如果你不在乎是什么地方，别人也不在乎。他和爵士熟了，对他的孩子们十分喜爱。

约翰爵士不知道什么宝贝小海鸟儿，也不感兴趣，他只是让鱼贩子送鱼给教授当晚饭；太太也不知道，但她认为孩子们应该知道一些。你要明白，在愚蠢的古时候，人们总是教孩子们学一样东西，并且学得很透；但是，在现在的开化

---

①原文是作者生造的一个很长的词。作者本人也是博物学家，对某些科学研究持一种否定和讽刺的态度。

时代，人们教孩子们什么东西都学一点，但是什么都懂不透：这就轻松愉快多了，容易多了，所以很正确。

现在，艾丽和他在岩石上散步，那儿有成千上万的奇异事物，他一样一样地指给她看。但是艾丽对那些东西一点也不感兴趣。她情愿和活的孩子一起玩，哪怕是布娃娃也行，她可以假装它们是活的。

最后她说："我对这些东西都没兴趣，因为它们不能和我一起玩，也不能和我说话。水里常常有小孩，如果现在有，而且我能看到的话，我会喜欢他们的。"

"水里的孩子，你这个奇怪的小鸭子？"教授说。

"是的，"艾丽说，"我知道水里常常有孩子，还有美人鱼，还有男的美人鱼。我在家里的一幅画上看到过。一个美丽的夫人坐在海豚拉的车子上，孩子们在她身边飞跑，还有一个坐在她怀里。美人鱼在游泳和玩耍，男美人鱼在吹贝壳做的号角。画儿的名字叫《嘉拉蒂的凯旋》①，画儿的背景上有一座燃烧的山。这幅画挂在大楼梯间，我从小娃娃起就一直看着它，在梦里见过它一百次。它太美了，一定是真的。"

啊，亲爱的小艾丽，刚从天堂里掉下来的小天使！人们什么时候才能明白，人的嘴里说得出来的最深刻、最有智慧的话之一，就是："它太美了，一定是真的。"

---

①嘉拉蒂的凯旋：大画家拉菲尔的名画，现保存在罗马。

得等到他们放弃目前的想法的那一天。他们相信,约翰·洛克①先生(虽然他是个正直诚实的好人)是有史以来地球上最有智慧的人,忘记了在他降生以前很久,还有一个更有智慧的人,他的名字是阿里斯通之子柏拉图②。

就因为人们认为很美,事情就是真的;对于这种想法,教授一点也不以为然。他说,照这样讲,巴尔塔族人认为吃他们的祖父是一件好事就完全没什么不对了,因为他们觉得,把祖父埋到地下去是一件很丑的事。其实教授说的话比这还要难听,并且他坚持认为,不能强迫人相信任何事物是真的,除非是他看得见,或者听得到,或者摸得着,或者尝到味道的东西。在很多事情上,他坚持一些非常奇怪的见解。有一次他甚至在不列颠协会站起来发言,宣称类猿类和人类一样,大脑里有下丘脑③。说这样的话是令人震惊的:假如真是这样的话,无数不死的灵魂的信仰、希望和博爱将被置于何地?你可以这样想:在你和一只猿之间还有其他重要的差异,比如能说话,能制造机器,知道是非对错,会念祈祷文,以及其他诸如此类的小事情。但这是小孩子的想法,我亲爱的。

---

①英国哲学家,英国经验主义的代表人物之一,但他对社会契约理论也做出了重要贡献。

②柏拉图是古希腊哲学家,人类历史上最伟大的哲学家和思想家之一。

③ hippopotamus major,现通用 hypothalamus 一词,下丘脑。欧文和赫胥黎之间曾发生人与猿是否同祖的争论,焦点即在于是否有下丘脑。

只有了不起的丘脑测试法是可靠的，其他都靠不住。如果你大脑里有下丘脑，你就不是猿；哪怕你有四只手，没有脚，而且比具有各种猿猴特性的猿更像一只猿,你也不是猿。但是，如果在单单一只猿的大脑里发现了下丘脑，那就什么也救不了你的曾祖母的曾祖母的曾祖母的曾祖母的曾祖母的曾祖母的曾祖母的曾祖母的曾祖母的曾祖母了：她曾经也是一只猿。是的，我亲爱的小小伙子，你要永远记住，在你和一只猿之间，唯一一个真正的、确定的、终极的、极其重要的差异，就是你的大脑里有下丘脑，猿的大脑里没有。所以，在猿的大脑里发现下丘脑，将是一件非常错误和危险的事情，会使每一个人都非常震惊。我们可以想象，教授使他们都震惊了。不过其实呀,这终究没什么大不了,因为只有人的大脑里有下丘脑，邓德里勋爵①等人也会这么看的。所以呀，假如在一只猿的大脑里发现了下丘脑，为什么不会只是一样别的什么东西呢。

但是，我很遗憾地说，教授做得比这还要出格。1999年，在澳大利亚墨尔本的不列颠协会会议上，他向每一个觉得自己更好或更聪明、更应该上新闻的人，宣读了一篇论文，要他们相信：除了人以外，不存在任何理性或半理性的生灵；现在没有，过去不曾有过，将来也不可能有；任何地方，任

---

①三幕剧《我们的美国表兄》里的人物，美国总统林肯就是在看这部戏演出时被刺杀。此剧于为英国作家汤姆泰勒所作，1858年首场演出，1960年《水孩子》出版。

何时间，任何方式。山林水泽仙女宁芙、半人半兽的森林之神、半人半羊的农牧神、小矮人、住地洞的巨人、侏儒精、地精、仙女、小棕仙、水妖、威尔妖、替人做家务的小精灵、能指点宝藏的矮妖精、老妖仙、预报死讯的女妖、鬼火威尔妖、小妖精、恶精灵、无尾猿、调皮捣蛋的小妖精、恶魔、水巨灵、灵魔、食尸鬼、佩里仙子、第弗怪、天使、大天使、小鬼、妖怪，或者一些更坏的东西，根本是不存在的，纯粹是胡说八道，子虚乌有。为了证明这一点，他不得不一大早就起床，不得不夜里吃早饭。不过，他还是做了证明，至少他自己觉得很满意。因此，有一个了不起的神学家，那是一个非常聪明的神学家，称教授为合格的撒都该教派信徒①，这样说很可能十分正确。因此，作为回敬，教授称他为合格的法利赛教派信徒②，这样说很可能也十分正确。但是他们一点也没有争吵，因为，一个人成为阅历丰富之人后，难听的话便从他那儿跑掉了，就像水从鸭子背上滑落一样。于是，那天晚上，教授和神学家晚餐时相见，饭后又一起在沙发上坐了一个钟点，谈论南极大陆的女性劳工状况（因为没有人喝过法国波尔多产的红葡萄酒之后会谈论本行业的事情），他们各自起誓，说对方是自己平生遇到过的最好的伙伴。做一个阅历丰富的

---

①撒都该教是犹太教古代的一个教派，不相信天使及灵魂的存在。
②法利赛教派也是犹太教古代的一个教派，注重律法形式而墨守成规。

水孩子

人多么有好处哦!

我说了这么多,你一定已经猜到,教授一点也不同意小艾丽的想法。所以,他用一种适合小孩子心智的方式,把自己在不列颠协会宣读的那篇有名的论文的观点,简明概要地给她讲了。我们已经介绍过一遍他的反对水孩子的论点,其实讲一遍也已经多余,所以就不再重复了。

我想,当时艾丽一定是一个很笨的小姑娘,因为,她并没有被说服,而只是重复地问同一个问题。

"但是为什么没有水孩子?"

我相信,并且希望,是因为,教授在一个非常锋利的贻贝的边缘上绊了一下,脚上的一个鸡眼被戳得很疼,他才很生硬地回答。他忘了自己是科学家,应该知道自己无法知道;他忘记了自己是个逻辑学家,应该知道他无法证明一个具有普遍性的否定命题。我是想说的是,我相信并且希望,教授是因为贻贝弄疼了他脚卜的鸡眼,才很生硬地回答说:

"就是因为呒。"

他说的这句话甚至都不是漂亮的英语,我亲爱的小男孩。因为你一定从煽动鼓惑姨妈的论点里知道,如果教授气愤得不得了,真的要说那种话的话,他应该说:"就是因为没有。"或者:"就是没有。"或者:"一个也没有。"或者(如果他也一直在读煽动鼓惑姨妈的论点):"就是因为不存在。"

说着他很用力地用捞网在水草底下捞了一下,就这样,他捉住了可怜的小汤姆。

他感到网很沉,迅速地把它捞出水,汤姆在里面,被网眼卡住了。

"天哪!"他嚷道,"多大的一只粉红海参啊;还有手!他一定和白海参是亲戚。"他把他从网里拿了出来。

"他还有真的眼睛!"他嚷道,"他一定是一只乌贼!这是最不平常的事情!"

"不,我不是!"汤姆直着嗓子嚷道,他不愿意被人用坏名字来称呼。

"这是个水孩子!"艾丽嚷道,当然,她说对了。

"要么是水胡扯,亲爱的!"教授说,急剧地扭过脸去。

不容否定。这是一个水孩子,一分钟之前他还说过没有水孩子,这叫他怎么办?

当然,他会把汤姆放在水桶里带回家的。他不会把他放在酒精里。当然不会。他会让他活着,宠爱他,因为他是个非常仁慈的老绅士。他会写一本关于他的书,给他一个很长的名,一个很长的姓,其中第一个会提到一点汤姆,第二个则全是他自己;因为,他当然会把他叫作海德罗泰克诺恩·普滕姆棱斯普厄次,或别的什么差不多的长名字;因为,现在他们只能用长名字来称呼每一样东西,因为他们把短名字都用光了。但是,如果那样,所有博学的人会对他怎么说?艾丽会怎么说,刚才他还对她说没有水孩子?

曾经有一个富有智慧的老异教徒，说过这样一句话："Maxima debetur pueris reverential."意思是：最大的敬畏应给予童心。也就是说，大人不要在孩子面前说不该说的话，做不该做的事，以免给孩子树立坏榜样。死记硬背表兄却说，这话的意思是："最大的敬意要指望从小男孩那里得到。"不过，他是在一个不期望小男孩将来对人恭敬的国家里长大的，因为他们所有的人都像总统一样优秀：嗯，人人都最了解自己所关切的事情，也许他们真是那样。不过说句公道话，可怜的死记硬背表兄并不真那么想。他有一个道德使命，他不是什么值得一提的学者，缺乏名望——唉，名望对他是个巨大的诱惑。但有些人，恐怕教授也是其中之一，他们解释那句话的方式甚至比死记硬背表兄更加奇怪、不可思议、片面、模棱两可、颠颠倒倒、翻过来倒过去、前后矛盾。他们把那句话的意思解释成：你必须表现出对孩子的尊重，也就是说，不要在他们面前承认自己的错误，即使明知道错了也不能承认，以免他们对长者失去信任。

现在，如果教授对艾丽说："是的，我亲爱的，这是一只水孩子，他是一种非常奇妙的东西。他使我明白，对于奇妙大自然，虽然我经过四十年的光荣劳动，但我仍然知道得太少了。

"我刚才还对你说不可能存在这种动物，可是瞧！这就来了一个，这一下我明白了，大自然能够创造和已经创造出来的东西，是人的可怜的想象力所远不能及的。所以，让我们感谢造物主、激励者和大自然之主,感谢他创造了所有可称颂的奇妙作品,试一试在他的这一件作品上发掘出一些东西吧。"

我想,如果教授说了这些话,小艾丽一定会对他相信得更加坚定,对他尊敬得更加深切,比以往任何时候更加爱他。

但是他可不这样想。他犹豫了一会儿。他很想拥有汤姆,但他又有些希望自己根本就没有捉住过他,最后,他非常想摆脱他了。

于是,他转过身去,用手指拨弄着汤姆,想考虑出一个比较好的办法来。

他漫不经心地说:"我亲爱的小小姐,你昨天晚上一定梦见水孩子了,你满脑子都是水孩子。"

这时,汤姆一直都处在最可怕的恐惧之中,而且不敢出声。尽管他被称作海参和乌贼,但他仍然尽量保持安静,因为他的小脑袋里有一个顽固的想法,那就是,如果一个穿衣服的人抓住了他,就会给他也穿上衣服,再把他变成一个脏兮兮、黑乎乎的扫烟囱的孩子。

但是,当教授用手指戳他的时候,他实在受不了了,他又是害怕、又是愤怒地狂叫起来,就像被逼到墙角里的老鼠一样地勇敢。他又是叫,又是咬教授的手指头,把它咬出了血。

"哦,啊,呀!"教授喊叫着,他很高兴找到了一个摆脱汤姆的借口,把他扔到了水草上。于是,汤姆潜入水中,一会儿就不见了。

"他真的是水孩子,我听到他说话。"艾丽嚷道,"唉,它不见了!"她从岩石上跳了下去,想在汤姆溜到大海里去之前抓住他。

太晚了!更糟糕的是,她跳下去的时候滑了一跤,摔下去大约六英尺,脑袋撞在一块尖石头上,躺在那儿一动不动了。

教授把她拉起来,想把她弄醒;他呼唤着她,对着她大声喊叫,因为,他是非常爱她的。但是,无论怎么样都喊不醒她。于是,他用手臂把她托起来,把她带到家庭女教师那里,他们一起回了家。

小艾丽被放到床上,一动不动地躺在那儿。她只是偶尔醒一下,喊着水孩子;但是谁也不知道她说的是什么东西,教授也不说,因为他不好意思说。

一个礼拜以后,在一个月色迷人的夜晚,仙女们飞到她窗前,给她带来了一对翅膀。那是一对无比美丽可爱的翅膀,艾丽情不自禁地把它们戴在了身上。她和她们一起飞出窗子,飞越大地,飞越大海,飞入云彩。在这以后很长很长一段时间里,谁也没有见过她的踪影,听到她的一点消息。

人们之所以说谁也没有见过水孩子,原因就在这儿。至于我,我相信博物学家出去捕捞的时候,抓到过好几打水孩子;但是他们一点也不透露风声,重新把他们扔进了大海,因为他们怕损害自己的理论。但是你看,教授被揭露了,就像任何人到时候都会被揭露一样。一个非常可怕的老仙女揭露了教授，她摸了摸他的头盖骨隆起的地方，算出他的出生地点和日期，很小心地把他的太阴取出来又放回去，于是她知道了教授会做什么，仿佛她是从一本印成铅字的书上看到的，就像他们在亲爱的老西部所说的那样。他正是那样做的，所以他先被揭露了，正像任何人总是会被揭露一样。总有一天，老仙女会揭露那些博物学家，把他们放到《泰晤士报》上去的，到时候且看谁笑谁哭？

于是，当时老仙女就非常严厉地、就地处理了他。但是她说，她总是对最好的人最严厉，因为治好他们的机会最大，他们是对她回报最多的病人，因为，她的工作必须得到和中国皇帝的御医一样的报酬：什么样的医生，什么样的报酬。但可惜的是，她从来得不到那样的报酬。

于是她处理了可怜的教授。因为他不满足于事情是什么样就什么样，她就用不是什么样的就什么样的东西塞进他的脑袋，看看他是否更喜欢它们。因为他在看到水孩子之后，做出了不相信有水孩子的选择；她就让他去做比相信水孩子更糟的事：去相信独角兽、喷火龙、占卜口、怪蛇、鹰头狮身鸟翅兽、大鹏鸟、海怪、狗头人、三头狗和其他稀奇古怪的动物。大家从来不相信有这些东西，大家从来都不希望有这些东西，尽管他们对事情真相一点都不知道，而且永远不会知道。这些动物是那么让人不安，那么令人害怕，那么使人惊慌，那么叫人恼火，那么让人迷惑，那么令人震惊，那么使人恐怖，弄得可怜的教授完全目瞪口呆。医生说，他精神错乱了三个月；也许医生们说对了，他们常常会说对的。

于是，全国的所有医生被召集过来为教授会诊。当然，他们一个个都断然否定别人的诊断，否则，作为医学家的用处怎么显现呢？不过，最后大多数医生还是达成一致，出了一份诊断报告。它是用真正的医学语言撰写的，差不多一半是很糟的拉丁文，另一半是很烂的希腊文，还有一点点应该是英文吧，只可惜他们没有好好学写英文字。那份报告的开头部分是这样的：

"此上部椎体下突之崇高的吻合在显著的个体大脑手指状区域其症候性现象吾等忧郁荣幸（继初步诊断检查之后）做出检查诊断，交互排外地呈现四方形和唯信仰论之体质名为巴姆普斯特豪森蓝色滤泡，吾等继续进行……"

但是他们继续进行了什么，太太永远不知道了，因为她被那些长长的单词吓得半死，赶快逃命，把自己锁在卧室里，唯恐被那些单词压扁，被那些句子勒死。她说，跟一条蟒蛇做伴已经够呛了，何况是一条铺路石做的蟒蛇？

"太令人震惊了！他们会认为教授得了什么病呢？"她对老保姆说。

"他心智混乱失常了，也许是因为不信仰上帝，信了邪教。"老保姆说。

"那他们为什么不能这样直说呢?"

天空、大海、岩石和溪谷发出回音:"为什么?"但是医生们没有听见。

于是她逼迫约翰爵士写了封信给《泰晤士报》,命令当时的财政大臣对长单词收税。

对超过三个音节的单词征收轻税,这一步有点过头,但无法避免,就像逮老鼠一样;对于老鼠,同样必须明智地把它们打压下去。

对超过四个音节的单词征收重税,比如 heterodoxy,spontaneity,spiritualism,spuriosity 等等单词。

对于超过五个音节的单词(我希望没人愿意见到这种例子),征收极重的税,让人完全无法承受。

对于同时衍生自三种或三种以上语言的单词,同样征收极重的税。衍生自两种语言的单词已经变得很普遍,已经没什么希望根除了,那并不比根除佩思风[①]更容易。

财政大臣是一位学者,一个有头脑的人。他迫不及待地接受了这个想法,因为他看出来,这是一个唯一可行的废除 Schedule D 的方案。但是他提出这个议案的时候,大多数爱尔兰议员,我很遗憾地说,还有一些苏格兰议员,表示强烈反

[①]原文 peth-winds,各种英文版本的编辑们也不能确定它是什么东西,一个生造的词。

对。他们的依据是，在一个自由的国家里，没有人非得明白自己所说的话不可，或者非得让别人明白他所说的话不可。所以，议案在初次审议时被否决了。财政大臣是位哲学家，他自我安慰，心想，这不是第一回，一个女人一时兴起想到一个高明的主意，那些男人却冲着它翘起他们愚蠢的鼻子。

于是医生们完全按照自己的方式行事了。他们工作起来很认真，给可怜的教授服用了各种各样的药，使用的药方从古到今，从希波克拉底①到福伊特斯莱本②，如下：

1. 藜芦，即

阿埃塔藜芦

加拉太藜芦

西西里岛藜芦

以及其他所有各种藜芦。用藜芦纪元培植藜芦的藜芦主义者的方法来用药。但是没有效果。巴姆普斯特豪森蓝色滤泡不肯从教授的个体大脑手指状区域移动一英寸。

2. 尝试寻找出他的病因，使用下列名医的方法：

希波克拉底

阿莱泰乌斯

塞尔苏斯

---

①古希腊名医，被尊为医学之父。
②恩斯特·冯·福伊特斯莱本，奥地利医生、诗人和哲学家。

塞利乌斯·奥雷利安努斯

伽林①

但是像大多数人在这种时候一样,医生们发现那样会增加一大家堆麻烦,于是求助于:

3. 琉璃苣

烧灼术

在他头上钻个孔,让里面的烟气跑出来,戈登纽斯说:"毫无疑问,会很有效果的。"但是没有效果。

牛黄

玛格丽特花

加香料熬制的公羊脑

苦艾油

尼罗河水

酸豆

上好的果子酒(但是找不到)

铁匠炉子里的水

龙涎香

曼德拉草做的枕芯

睡鼠的脂肪

野兔的耳朵

---

①中间三位是古罗马名医。另两位是古希腊名医。

饥饿

樟脑

盐和番泻叶

麝香

鸦片

窄背心

虐待

撞击

放血

浇冷水

揍趴下

用膝盖顶他的胸部直到他的胸腔破裂,等等。然后是中世纪的或者修道院的方法:但是没有效果。巴姆普斯特豪森蓝色滤泡仍旧顽固地不肯退去。

然后是:

4. 哄骗

亲吻

香槟和龟肉

熏青鱼和苏打水

好言相劝

园艺活动

槌球游戏

音乐晚会

木偶莎莉大婶

淡味烟草

《周六评论》

有侍从开道的四轮马车，等等。

然后是现代方法。但没有效果。

假如他是个犯了罪的疯子，向女王开枪，为了不用还钱杀了所有的债主，或者沉溺于另外一些诸如此类的可爱的小怪僻，他们还有别的办法治他：

东汉普斯特平原上英格兰最有益于健康的自然环境。

自由使用温莎森林。

每天早晨读《泰晤士报》。

一杆双筒枪，几只短毛大猎狗。打不到黑琴鸡的时候，每个礼拜出去打三个威灵顿公学的男孩子，不多打。

但教授并没有疯到那种程度，也没有坏到那种程度，没有权利这样骄奢淫逸。于是医生们变得绝望起来，开始用恶招，也就是：

5. 硫黄熏蒸

用赫尔威格尤斯法为他制作"无与伦比的给疯子喝的饮料"。

只不过他们无法查明那究竟是什么东西。

熏蒸某某鱼的肝

只不过他们忘了那种鱼的名字，所以格雷医生无法为他们弄到一个样本。

金属牵引器

霍洛韦药膏

电磁生物学

瓦伦丁·格雷特雷克斯的按摩治疗法

鬼魂沟通法

霍洛韦药片

桌子转亡者显灵法

莫里森药片

顺势疗法

帕尔起死回生药片

催眠术

纯粹胡来法

驱魔法,他们念成槌骨法

梅尔费卡厄姆,尼德里·福密卡里厄姆,德里奥,威尔卢斯等人的治疗法,但找不到一个提到水孩子的。

水疗法

雷切尔夫人的青春不老药

波基普西的预言家的预言

腐臭禽蛋蒸馏液

火烤疗法。古时候的宗教裁判官曾用它来治思想上的病,很有效;现今波斯的人用来治风湿症。

土地疗法，或者说，把他埋进土里。

气疗法，或者说，用蒸气蒸他。

同情疗法，然后是巴兹尔·瓦伦丁的锑的胜利疗法，凯内尔姆·迪格比的武器软膏疗法，有些人称之为一根狗毛咬人法。

赫尔莫疗法，或者叫把水银灌进他的喉咙移走元气疗法。

气象疗法，到月亮上去找他丢失的心智疗法，鲁杰罗曾经用这个办法给疯狂的奥兰多治病①。只不过，没有雄鹰，他们只好用气球，结果奥兰多掉进北海，被雅茅斯的一只捕鲱鱼的船救起，回家以后人变聪明多了，身上全是鱼鳞。

排斥疗法，或者叫把他当"同胞兄弟"来利用疗法。

一疗法，或者叫什么也不干疗法。

以及其他所有这个疗法那个疗法，都是傻瓜发明的，呆瓜试过的，从澳洲土人在阿布韦尔用燧石生火时起就有了。根据世博会的推断，那是很久很久以前的事。

但是什么疗法都没有效果。他整天尖叫和哭喊，想要一个水孩子，过来把妖怪赶走。当然，医生们并没有去找，因为他们不相信有水孩子，心里面只想着巴姆普斯特豪森蓝色滤泡。他们仍然像往常一样，本末倒置，因果颠倒。

最后，他们被迫让可怜的教授写一本大书，放松一下脑

---

①疯狂的奥兰多是十六世纪初意大利一部同名长诗中的主人公。

筋。那本书里的观点同他过去的所有旧观点正好相反,他在书中论证:月亮是用新鲜乳酪做的,上面所有那些小点子(有时候你可以通过望远镜很清楚地看见,只要你让望远镜的镜片一直够脏,就像威克斯先生保存他的伏打电池那样)什么也不是,就是一些很小的婴儿,他们千百万个聚集在月亮上,在那儿孵化,准备好一旦这个世界的孩子想要一个新弟弟或新妹妹,就从天上下来。

这种观点肯定是错的,只要举一条理由就够了:月亮周围没有大气层。不过,有个人说月亮有大气层,至少另一面有,还说他转到月亮的背面去看过,发现月亮的形状恰似一只巴思甜面包,很潮湿,月亮上的人在仲夏日到处逛时,得穿上麦金托什防水布雨衣和科丁牌靴子,一边用鱼叉戳鳗鱼一边打打喷嚏。所以呀,我说,没有大气层,就不可能有蒸发作用;所以,露点①绝不可能掉到华氏零下 71.5 度。所以,月亮上凌晨四点钟左右不可能有那么冷,够把婴儿宝宝的肠系膜格言液化成他们的左心室。所以,他们绝不可能染上百日咳;如果没有百日咳,他们根本不可能成为婴儿宝宝。所以呀,月亮上是没有婴儿宝宝的:论证完毕。

这里面的理由似乎有些弯弯绕,也许,确实如此。不过,你迟早会听到更加狗屁不通的理由,而且是从比你强的人

---

①露点:气象术语,指空气湿度达到饱和时的温度。

那儿。

  但有一件事是确实的，那就是，当善良的老博士写完他那本书时，他感到如释重负，摆脱了巴姆普斯特豪森蓝色滤泡，还有几样坏得多坏极了的东西，那就是骄傲和虚荣，还有心灵的失明和冷硬。这才是生出巴姆普斯特豪森蓝色滤泡和许多别的丑恶东西的真正原因。于是，在他脑袋里泛滥的脏臭的水平息下来，变清，成了鱼儿们乐意洄游进去的淡咖啡色，最后变得非常清澄，新洄游的鱼真的开始游进他的大脑。他捉住了两三条。对于大脑里的河来说，这是一种极好的运动。他小心翼翼地解剖了它们，至于发现了什么，除了小孩子，他没有跟任何人提起过。从此以后，他变成了一个吃过苦头学乖了的人。我亲爱的小小伙子，这种变化是一件非常好的事；虽然，要得到这种福报，一个人必须付出很大的代价。

第五章

> 严苛的执法者！你依然持着
> 上帝最仁慈的恩典；
> 你脸上的笑容如此明朗
> 是我们平生所未见：
> 花儿在你面前的花圃上欢笑
> 你踏出的路径上漫溢着芳香；
> 你维护众星辰不使其失序，
> 因为你，最古老的天空得以新鲜而强壮。
> ——华兹华斯《责任颂》

汤姆怎么样了呢？我前面说过，他从岩石上滑下了水。但是他忍不住一直在想着艾丽。他已经忘了她是谁，但是，他知道她是个小姑娘，尽管她有他的一百倍那么大。

那没有什么稀奇。尺寸大小和种类是没有关系的。一棵小草，完全有可能是一棵大树最亲的表兄；微克虽然是只一丁点小的小狗，却知道，莱恩妮斯虽然比自己大二十倍，也是一条狗呢。

所以，汤姆知道，艾丽是一个小姑娘；他整天都想着她，渴望能和她一起玩。但是，他很快就得考虑一些别的事情了。

下面是一篇有关他的遭遇的报道，这篇报道第二天早晨刊登在《水证报》上。这份报纸是用最好的防水纸印了，给你怎么待人她就怎么待你大仙女看的，她每天早晨都仔细地读新闻，尤其是警察破案，这些事情你很快就会听说的。

那天，他正在三英寻①深的水中，沿着岩石向前走，观看鳕鱼捉对虾，濑鱼从石头上啃食藤壶、贝和其他各种甲壳动物。

这时，他看见了一个绿柳枝做的圆笼子。里面坐着他的龙虾朋友，他看上去非常害羞；这一回，他不是在摆弄自己的钳子，而是在摆弄自己的触须了。

"怎么回事！是你太淘气了，还是他们把你关起来的？"汤姆问道。

龙虾对汤姆的这种想法有些气愤，但是他心情很沮丧，不想和汤姆争吵，所以他只是说："我出不去了。"

"你为什么进去的？"

"为了那块讨厌的死鱼肉。"

---

①英寻：英美制计量水深的单位，1英寻等于6英尺，合1.808米。

在笼子外面的时候，他可没有认为它讨厌；他觉得它看上去那么诱人，闻起来那么香。对于龙虾来说，它确实是这样。现在他反过来骂它，是因为他对自己很生气。

"你从哪儿进去的？"

"从顶上那个圆洞。"

"那你为什么不从洞口出来呢？"

"我出不来。"

龙虾一边说，一边比先前厉害得多地折腾自己的触须，但是他只好认输。

"我已经向上、向下、向后、向左、向右，跳了至少四千次，但是我出不去；我总是跳到上面被挡住，找不到那个圆洞。"

汤姆观察了一下那个笼子，他比龙虾聪明多了，很容易就看出那是怎么一回事情；如果你看到龙虾笼子，你也会一下子就明白的。

"别跳了，"汤姆说："把你的尾巴翘起来，转过来对着我，我拉你从正中间出来，你就不会被倒尖桩戳到了。"

但是龙虾非常蠢笨，对不准那个洞。

许多许多狐狸猎手在自己的地盘里的时候，是非常灵敏的，但是一旦到了外面，就晕头转向了；

龙虾也是这样，对他来说，是丢尾转向了。

汤姆爬上笼子，从洞口向下爬，终于抓到了龙虾；然后，不出我们所料，笨龙虾将汤姆一个倒栽葱拽了进去。

"喂！你可真会制造麻烦，"汤姆说："用用你的大爪子吧，把那些倒尖桩上的尖头弄掉，那样我们俩都很容易出去了。"

"天哪，我怎么没有想到这个呢，"龙虾说，"我有那么多的生活经验！"

你看到了吧，经验是没有多大用处的，除非一个人，或一只龙虾，有足够的智慧使用它。有许多许多人，例如老波罗纽斯①，世界上什么事情几乎全见过了，但是最终仍然不比孩子强。

他们才把一半尖桩的尖头弄掉，就看到头顶上来了一大团乌云，瞧，那是水獭。

她见到汤姆的处境，顿时狞笑个不停。"呀，"她说，"你这个爱管闲事的坏蛋，这回我可逮住你了！我要让你知道，向鲑鱼告我的密，把我的行踪说出去，你会有什么好处！"

说完，她爬到笼子上，想钻进来。汤姆吓坏了。当她发现了顶上的洞，龇牙咧嘴地从洞口向下探着身子，拼命扭动着挤进来时，汤姆更加害怕。

但是她的头刚刚伸进来，英勇的龙虾先生就一下子抓住她的鼻子，死不松手。

现在，笼子里成了他们三个混战的场所，翻来滚去，里面都快装不下了。龙虾撕扯水獭，水獭撕扯龙虾，把可怜的

---

①波罗纽斯：莎士比亚著名悲剧《哈姆雷特》中的人物，当朝宰相，哈姆雷特的恋人娥菲丽亚的父亲。

汤姆挤得透不过气来，幸亏他终于爬到水獭的背上，安全地从洞口逃了出去，否则，不知道会发生什么事呢。

他出去以后真是高兴，但是他不愿抛弃刚才救他的龙虾朋友。他一见到龙虾的尾巴翘到最高的地方，就立刻抓住它，用尽全身力气往外拉。

但是龙虾不愿意松手。

"快出来，"汤姆说，"你没有见到她已经死了吗？"

她真的死了，完全淹死了。这就是那个邪恶的水獭的下场。但是龙虾不愿意松手。

"快出来，你这个愚蠢的老木疙瘩，"汤姆嚷道，"否则渔夫会来抓你的！"

汤姆说得没错，他已经感觉到上面有什么人在向上提笼子了。

但是龙虾不愿意松手。

汤姆看见渔夫把他提到小船旁，心想这一下他彻底完蛋了。但是龙虾先生一看到渔夫，就猛烈地一拉，他的动作太剧烈了，一下子就拉掉了爪子，出了笼子，安全地逃进了大海。

但是他留下了自己有瘤节的那只爪子。他的笨脑子从来没有想过松手，所以干脆把爪子甩掉，这样更容易脱身。这确实是蛮干，但你要知道，他是一只爱尔兰龙虾，是在贝尔法斯特海湾口的麦基岛孵化出来的。

汤姆问龙虾为什么一点也没想到松手。他断然说道，这在龙虾中间是个关系到荣誉的问题。确实如此。普里茅斯的市长曾经付出代价后才明白这一点,当然,那是八九百年前的事情了。假如发生的时间离现在比较近,提起它就有人身攻击之嫌了。

有一天,那位市长在一张硬椅子坐得很累了。他穿一件华丽的毛皮长袍,脖子上挂一条金项链,听见警察一个接一个走进来,唱着:"我们拿醉酒的水手怎么办,这么一大早?"他们一个个的回答都一模一样:"把他弄进圆屋里,等他酒醒了再说,这么一大早。"

这件事过去后,他跳起来,和城里的执事一起玩跳背游戏,最后把衣服扣子也绷掉了。然后他吃午饭,又绷掉几颗扣子,然后他说:"现在是春潮潮落的时候,下午我要出去割续随子。"

他要割的,可不是你和煮羊肉一起吃的那种续随子,而是瓦莱塔①的炮兵司令官自娱自乐时割的那一种。司令官在一座棱堡上贴一张告示:"除了我,谁也不许在这里割续随子。"对于港口的海军候补少尉们,还有尼克斯芒盖尔梯级②上的马尔他人,那是一个很大的启发。但市长的意思只是,他下午要出去乐一乐,像个小学生一样,用铁钩子去捉龙虾。

于是他来到海鸥石,寻找龙虾。走到一处石头缝跟前时,

---

①瓦莱塔是地中海中部岛国马耳他的首都。
②这个名称曾出现在柯勒律治的诗和一位女性小说家的游记中,应该是瓦莱塔某处一段比较陡的梯级,具体不详。

他太激动了，不是把钩子伸进去，而是把手伸了进去。龙虾先生当时在家，一下夹住他的手指，不松手了。

"呀！"市长叫道，咬着牙拔手指。但他越是拔，龙虾越是夹得紧，最后他只好不动了。然后他试着用另一只手把钩子塞进去，但石缝太窄。

然后他又拔手指，但受不了那个疼。

然后他大喊大叫求救，但是除了防波堤内侧的军舰，附近没有一个人。

然后他开始脸色发白了，因为潮水在涨，但龙虾仍然夹住他不放。

然后他的脸色变得惨白了，因为潮水已经涨到他的膝盖，龙虾却依然不松手。

然后他考虑割断自己的手指，但那样做需要两样东西：勇气和刀子，这两样他一样也没有。

然后他的脸色变得蜡黄，因为潮水已经涨到他的腰，龙虾却依然不松手。

然后他回想起自己干过的所有调皮捣蛋的事情：往白糖里面掺沙子，往茶叶里放黑刺李叶，朝糖蜜里加水，朝烟叶里面撒盐（因为他哥哥是个啤酒酿造商，人应该给亲人帮忙）。

然后他脸色发青了，因为潮水已经涨到他的胸口，龙虾却依然不松手。

然后，我敢肯定，对于上面说过的他干的那些调皮捣蛋的事情，他彻底后悔了。他许愿要弥补自己的人生。太多太多的人，当他们觉得已经没有余生可以弥补的时候，都是这样许愿的。他们幻想用这种手段，做成一桩非常便宜的买卖。但是，拿着白桦木杖的老仙女，很快就让他们从迷梦中醒来了。

然后他的脸同时发白发黄又发青，像打雷的鸭子一样眼睛往上翻，因为水已经淹到他的下巴，龙虾却依然不松手。

这时，军舰上的一只小艇来到海鸥石附近，看见他的脑袋直僵僵地竖在水面上。一个人说，那东西是一小桶白兰地，另一个人说是一只椰子果，还有一个人说是一个松开来的浮标。但又有一个人说，那是一只黑色的潜鸟，想开枪打它；要是真开枪了，对于市长可不是一件愉快的事。就在这个时候，那东西中央的一个洞里发出了一声狂叫，主管小艇的候补少尉立刻猜出了它究竟是什么东西。他们尽可能快地划动船桨冲过去，水手们想办法把龙虾弄出石缝，让市长获得自由，将他送到了瓮城旁边的海岸上。他再也没有去捉过龙虾，我们希望他也不再朝烟叶里面撒盐，甚至不要再卖他哥哥的啤酒。

这就是普里茅斯的市长的故事，这故事有两个好处：第一，这是一个十分真实的故事；第二，故事里没有任何道德教训。人们说，所有的好故事里都应该道德教训，但是确确实实，这本书的任何一个部分都没有，因为你知道，这是一个童话故事。

现在汤姆碰到了一件最美妙的事情。他离开龙虾还不到五分钟，就遇到了一个水孩子。

这是一个真的、活生生的水孩子，坐在白沙上，正忙着在石头上摆弄一小堆东西。

他看见汤姆以后，仰起头端详了一会儿，然后嚷道："嗨，你不是我们中间的人。你是新来的孩子！哦，多让人高兴啊！"

他向汤姆跑来，汤姆向他跑去，他们紧紧地抱在一起，亲吻了很长时间，他们不知道这是因为什么。但是，在水底下，是用不着互相介绍的。

最后汤姆说："哎，这些日子你们一直在哪儿？我找了你们那么长时间，我太孤独了。"

"我们天天都在这儿。石头附近有几百个孩子呢。你怎么看不见我们，我们每天晚上回家之前，都唱歌、嬉闹，你也听不见？"

汤姆重新凝视了一会儿那个孩子，然后说道："嗯，这太妙了！你们这样的东西我不知道看见过多少回，但我把你们看成了海贝和海里的其他动物。我从来没有把你们看成和我一样的水孩子。"

这不是很奇怪吗？事实上，确实是太奇怪了，你一定想知道这是怎么回事。

你一定想知道，为什么汤姆在把龙虾救出笼子以后，才看到了水孩子。如果你把这个故事读九遍，然后自己想一想，你就会明白的。把什么事情都告诉小孩子并没有好处，那样，他们就不会自己动脑筋去思考了。那样，他们学到的东西，就不会比在达尔西默博士那儿学到的更多。在那儿，老师教课，学生听着，省了许多麻烦，在当时。

"那么，"那孩子说，"过来帮我吧，否则，在我的兄弟姐妹们来这儿之前，我就干不完了，到回家的时间了。"

"我帮你做什么事呢？"

"修这块亲爱的、可怜的小石头；在上一次暴风雨中，一块巨大、笨重的大石头滚了过来，把自己的脑袋完全撞掉了，上面的花都被磨掉了。现在，我要重新在上面种上海草、珊瑚和海葵，我要把它变成所有海岸边最漂亮的小石头花园。"

于是，他们俩在那块石头上继续工作起来，在上面种东西，把石头周身的沙子擦掉，他们开心极了。

潮水开始落下来。这时，汤姆听到其他所有的孩子们都来了，笑声、歌声、喊叫声和嬉闹声传了过来；他们发出的这些声音就像波浪的声音一样。

所以，汤姆知道以前自己一直听到和看到水孩子；只不过他不认识他们，因为他的眼睛和耳朵没有开。

他们进来了，几十个几十个地，有的比汤姆大，有的比汤姆小，全都穿着干净洁白的小浴衣。当他们发现他是个新来的孩子，就一个个过来抱他，亲他，然后把他放在中央，围着他在沙地上跳舞。没有谁比这时的可怜的小汤姆更幸福了。

水孩子

"现在,"他们同时嚷道,"我们必须继续赶路回家,我们必须继续赶路回家,否则潮水会落下去,把我们晒干。我们修好了所有损坏的海草,把坑中所有的石头放得整整齐齐,把所有的海贝重新栽进沙里,谁也看不出上礼拜丑恶的暴风雨扫荡的痕迹。"

这就是石头坑为什么总是整齐干净的原因。因为在每场暴风雨之后,水孩子们都来到岸上,打扫它们,把它们打扮好,重新安排整齐。

只有在人们浪费、肮脏、将排污管通入大海,而不是把废物堆在田野的时候;只有在人们将鲱鱼头、死狗鱼或其他垃圾扔进水里的时候,水孩子才不会来。有时几百年也不会来,因为他们不能忍受任何臭的或脏的东西。

他们就离开,让海葵和螃蟹来打扫一切。等到大海重新变得整整齐齐,等到软泥或干净的沙子,掩埋了一切肮脏的东西,他们再来;种上活的鸟蛤、海螺、竹蛏、海参和金柝,重建一座美丽的、活的花园。我想,为什么我去过的一切有水的地方都没有水孩子,原因就在这里。

水孩子的家在哪儿?在圣布伦丹①的仙女岛。

你没有听说过有福的圣布伦丹吗?没有听说他,还有另

---

①圣布伦丹:十六世纪爱尔兰僧侣。因徒步寻找可能存在于亚特兰提斯的现世乐园而著名。在首次发现美洲大陆的时候,许多人相信那就是圣布伦丹的仙岛。亚特兰提斯:大西洋中的一座神秘的岛屿,最先由柏拉图提及,据说最后沉入了海底。

外五个隐士,怎样在荒凉、荒凉的开利海岸①对未开化的爱尔兰人布道,最后筋疲力尽、渴望休息?因为,未开化的爱尔兰人不愿意听他们布道,不愿意来忏悔或集合。他们更喜欢酿造威士忌,跳"帕特沃皮"舞②,用橡木棍互相敲脑袋,躲在长满草的堤坝后面朝对方开枪,互相偷对方的牛,烧对方的房子。最后,圣布伦丹和他的朋友们对他们厌倦了,因为他们根本不愿意学做爱好和平的基督徒。

圣布伦丹出游到老邓摩尔山的尖岬上,看到潮水咆哮着,围绕着布拉斯开兹群岛③,从世界的尽头,流向大洋。

他叹息道:"啊!要是我像鸽子一样有翅膀,那该多好!"

他看见,在很远的地方,在太阳沉入大海处前面一些的地方,有一片蓝色的仙女海,仙女海上是一群金色的仙女岛。

他说:"那些岛是神圣的岛。"

然后,他和朋友们扬帆远去,远去,向西,向着太阳落下去的地方。此后,再也没有听到他们的消息。但是那些不愿意听他布道的人都变成了大猩猩,直到今天他们仍然是大猩猩。

当圣布伦丹和隐士们来到仙女岛的时候,他们发现,岛

---

①开利海岸:爱尔兰西海岸。
②古代爱尔兰和苏格兰的民间舞蹈,使用鞭子、连枷、扫帚等作道具,后发展成吉格舞。
③布拉斯开兹:在开利海岸以西。

水孩子

上长满了雪松,到处是美丽的鸟儿。他坐在雪松下,对着天空中所有的鸟儿布道。

鸟儿非常喜欢他的布道词,就去告诉海里的鱼儿;鱼儿就来了,圣布伦丹就对鱼儿布道;鱼儿就告诉住在岛下洞穴中的水孩子,于是就来了好几百个水孩子。

布伦丹就在那儿教水孩子功课,教了好几百年。最后,他的眼睛老花了,看不见了;他的胡子太长了,不敢走路了,害怕踩着它,摔跟头。

最后,他和五个隐士躺在雪松的树荫下面,一下子就睡着了。在那儿,他们一直睡到今天还没有醒。仙女们就自己带水孩子,教他们功课。

有人说,圣布伦丹会再次醒来,开始教小孩子。但也有人认为,他会不管好歹继续睡,一直睡到卡克西格斯来到的那一天。但是,在那些静静的、清爽的夏日傍晚,当太阳沉入金色云彩的海岬和海岛中间,沉入碧空的尽头时,航海的人常常产生幻觉,觉得自己看见了圣布伦丹的仙女岛,在遥远的西方。但是,无论人们有没有见过,圣布伦丹的仙女岛曾经真的矗立在那儿。它是遥远的大洋中的一大块陆地,后来,慢慢地沉到波浪下面去了。

老柏拉图①把那个地方叫作亚特兰提斯。他说,岛上的人

---

①柏拉图:著名的古希腊哲学家。

非常聪明,他讲了他们的许多奇怪的故事,还有古时候他们所进行的战争。

从那个岛上传出来许多奇花异草。这些花草,现在还在我们这块土地上生长着:康华尔郡石楠、康华尔郡铜钱珍珠菜、纤细的掌叶铁线蕨、在开利的群山上满山都是的虎耳草、德文郡的粉红色捕虫堇、爱尔兰的蓝色捕虫堇,还有许许多多的奇异植物。

这些花草都是仙女从圣布伦丹的仙女岛上带出来,给聪明人和好孩子的。

当汤姆来到岛上的时候,他发现,整个岛架在柱子上,岛的底部遍布着洞穴。那些柱子有黑色玄武岩的,像斯塔法岛;有绿色和绯红色蛇纹石的,像世外海角,还有的饰着一圈一圈红色的、白色的和黄色的砂岩,像里弗米德海滩。那些洞穴有蓝色的,像卡普里岛;有白色的,像阿德斯伯格山。它们全都披着海草,门口挂着海草帘子:有紫色的、绯红色的、绿色的、棕色的。地上全都铺着柔软的白沙,水孩子们每天晚上就在上面睡觉。为了保持干净和芳香,许多海蟹像猴子一样,从地上捡起碎渣,把它们吃掉;石头上爬满了成千上万的海葵、珊瑚和石珊瑚,他们整天清洗海水,使海水保持纯正干净。不过,为了对他们做那些肮脏工作进行补偿,他们不会被又黑又脏地丢在那儿不管,像可怜的扫烟囱的孩子和清洁工人那样。不,仙女是比较体贴人、比较公正的。仙女们给他们全穿上颜色和款式最漂亮的衣服,使他们就像开满鲜花的巨大花床。如果你认为我在胡扯,我只能说,那确实是真的。一位名叫傅立叶①的老先生曾经说过:我们应该做一做扫烟囱的孩子和清洁工人做的同样的事,应该尊敬他们而不是蔑视他们。他是一位非常聪明的老绅士,却像一只三月里的野兔一样疯狂;对于他本人,对于世界,这都是一件不幸的事。

在夜间维持秩序、防止发生坏事的,不是男警察或女警察,而是成千上万的水蛇,她们是最奇妙的动物。她们都跟涅瑞伊得斯②姓,涅瑞伊得斯是照管她们的仙女;还有尤妮斯和波吕诺厄,菲洛朵翠和普萨玛忒。那些漂亮的小宝贝,其余的都围绕着她们的女王安菲特律特③,和她那刻有浮雕的贝壳做的车辇,游来游去。她们穿着绿丝绒、黑丝绒和紫丝绒的衣服,一节一节身体之间用一道一道的环连接起来。有些水蛇各有三百只脑子,她们一定都是特别机灵的侦探;有些水蛇尾巴上有眼睛,有些水蛇每一节上都有眼睛,她们就看得特别清楚。她们想要蛇宝宝的时候,只要从自己的尾巴上长一个出来就行了;等到蛇宝宝能自己照顾自己的时候,她就会从尾巴上脱落。所以,她们养家是不需要费什么力气的。如果有什么

---

①法国空想社会主义者,社会改革家。
②古希腊神话中的海中女仙。
③古希腊神话中的海的女神,海中五十位女仙之一,海神波塞冬的妻子。

坏东西过来,她们就一下子扑过去。那时候,她们的几百只脚里一下子就会弹出数不清的东西,那些东西足够开一家刀具店:

长柄大镰刀	标枪
钩刀	长矛
鹤嘴锄,	戟
叉子	削笔刀,
折叠式小刀	战斧
双刃剑	鱼钩
军刀	锥钻
穆斯林弯刀	螺丝刀
波状刃短剑	开塞钻
古尔卡剑①	大头针
细长剑	缝衣针
等等	

这些东西对那些淘气的野兽又是刺、又是射、又是叉、又是扎、又是抓,又是撕扯,又是戳,又是划拉口子,那种滋味儿真是可怕,他们只有拔腿逃命,否则就会被剁成碎片,

---

①古尔卡是印度一地区。

然后被吃掉。如果这里说的有一个字是假的话,那就连显微镜也不能相信了,林奈学会①就全完了。

岛上有成千上万的水孩子,汤姆数不过来,你也没本事数。所有因为残忍的父母不愿意管,由善良的仙女来照顾的小孩子;所有不曾受过教育,在不信上帝的环境里长大的小孩子;所有因为被虐待,被忽视,被无知地伤害而遭到不幸的孩子;所有被大人睡觉时翻过身来不小心闷死,小时候喝了大人给的杜松子酒,因为大人不管喝了热水壶里的烫开水,还有那些掉进火里的小孩子;所有在小巷、大院、在摇摇欲坠的棚屋中,死于发烧、霍乱、麻疹、猩红热,死于那些谁也不应该染上、如果脑子正常谁也不愿意有一天会染上的恶病的孩子;所有被残忍的师傅和坏士兵杀害的孩子。他们全都在那儿,当然,除了伯利恒那些被邪恶的希律王杀死的孩子,因为很久以前,他们就已经直接被带上天堂去了。这件事人人都知道,我们称他们为诸圣婴孩②。

我真希望汤姆已经放弃了淘气的恶作剧,不再折磨哑巴动物,因为现在他有了许多一起玩的伙伴,让他开心。

但是,我很难过地说,事情并不是这样。他喜欢打扰动物,

---

①林奈学会:位于伦敦,1778年为了纪念瑞典博物学家林奈而建立。
②这里提到的是圣经里的一个故事:旧约中预言耶稣会来做王,希律王怕耶稣将来夺他的王位,但又不知哪个婴孩是耶稣,便下令杀了伯利恒所有两岁以下的男童。

除了海蛇以外的所有动物,因为海蛇不会容忍任何胡闹。

他搔石珊瑚的痒痒,弄得他们合上嘴;他吓唬海蟹,吓得他们躲进沙子里,只敢伸出两只眼睛的小圆球偷看他;他把石头放进海葵的嘴里,让他们以为晚饭来了,空欢喜一场。

别的水孩子警告他说:"当心你做的事,'你怎么待人她就怎么待你'夫人要来了。"

但是汤姆闹得兴高采烈,而且运气很好,一点也听不进去。

终于,在礼拜五一大早,"你怎么待人她就怎么待你"夫人真的来了。

她是一位很吓人的女士,孩子一看见她,全都立正,站成一排,把浴衣拉直,把小手放在身后,好像是接受监察员的检阅。

她戴着一顶黑帽子,披着一条黑围巾,裙子没有衬架;她戴着一副很大的绿色眼镜,眼镜架在一只很大的鹰钩鼻子上:它勾得那么厉害,鼻梁都拱到眉毛上面去了;她的胳膊下面夹着一根很大的白桦木杖。

她真的太丑了,汤姆很想对她做鬼脸;但是他没有做,因为,她胳膊下面那根白桦木杖的样子,他看着真有些不大受用。

她一个孩子一个孩子地看过去,似乎对他们非常满意;虽然她并没有提一个问题,问问他们的表现。

然后,她发给他们各种各样好吃的海点心:海饼、海苹果、海橘子、海牛眼睛①、海太妃糖；对他们中间最好的孩子，她还发给了海冰，那是用海牛奶做的，在水里不会融化。

　　如果你不十分相信我，你只要想一想：有什么比海里的石头更便宜、更多呢？那么为什么就不会同样有海太妃糖？如果在潮水比较低的时候找一找，谁都能找到海柠檬，而且也是切成四分之一的；有时还能找到海葡萄，它们一串一串地挂在那儿。如果将来你去尼斯，你会发现鱼市场里到处是海水果，那儿的人叫它们"海鲜"；不过我估计，出于对那位最成功，所以最完美无瑕的统治者的赞美，他们现在叫它们"海水果"了。那位统治者似乎正渴望继承移除邻居界标者所得到的祝福呢②。也许，那地方被叫作尼斯，原因就在这里，因为那儿的海里有那么多好东西：如果并不是这个原因，至少应该是这个原因。

　　汤姆看着所有这些香甜的东西都发完了，嘴里直淌口水，眼睛瞪得比猫头鹰还要大；因为，他希望最后也会轮到他。

　　是轮到他了。女士叫他到前面去，手里拿着什么东西伸到他面前，把那个东西啪的一声扔进他嘴里。瞧瞧，那是一

---

①海牛眼睛：一种很硬的糖球。
②这里作者用的是讽刺的口吻，"统治者"应指当时的法国皇帝拿破仑三世。就在《水孩子》首版的第二年，即1861年，撒丁首相加富尔伯爵将原属撒丁王国的尼斯划给了法国，这个事件正是所谓"移除邻居界标"。此后尼斯成为法国东南港市。尼斯的字面意思是"好"，所以有下面一句话。

块脏兮兮、凉冰冰、硬邦邦的石子儿。

"你是个很残忍的女人。"汤姆说，呜呜咽咽地哭起来。

"你是个很残忍的小男孩，是谁把石子儿放进海葵的嘴里，欺骗他们，让他们以为逮到了一顿好吃的晚饭的？你怎样对待他们，我就得怎样对待你。"

"是谁告诉你的？"

"你告诉我的，刚刚告诉我。"

汤姆一直没有开过口，所以他真的非常吃惊。

"不错，每个孩子都告诉我他做了什么错事，自己却不知不觉。所以，向我隐瞒任何事情都是没用的。现在你去吧，做一个好孩子；如果你不再向别的动物嘴里扔石子儿，我就不再向你的嘴里扔石子儿。"

"我以前不知道那有什么害处。"

"那么现在你知道了，人们老是对我这样说；但是我告诉他们，你不知道火会烧，并不等于火就不会烧伤你。你不知道脏东西会使人发烧，不等于发烧就不会要你的命。那只龙虾不知道进入笼子有什么害处，但是它照样逮住了他。"

"天哪，"汤姆想，"她什么都知道！"

当然是这样，她知道一切。

"所以，你不知道那些事做错了，并不等于你就不应该因为那些事情受惩罚。但比起明知故犯的人所受的处分，这只是小小的惩罚，小小的惩罚，我的小小伙子。"

无论如何,这位女士看上去还是很仁慈的。

"嗯,你对可怜的小伙子稍微厉害了一点。"汤姆说。

"一点也不厉害,我是你一生中最好的朋友。但是我要告诉你,在人们犯错误的时候,我是忍不住要惩罚他们的。他们不喜欢惩罚,我也不喜欢。我常常为他们感到难过,可怜的小东西,但是我不能不惩罚。

"即使我不想惩罚,结果还是一样要惩罚;因为我是机械地去做的,就像引擎一样,我里面全是轮子和发条,发条被非常细心地上紧了,所以我不得不动。"

"是不是很久以前他们就给你上了发条?"汤姆问。

因为这个狡猾的小家伙是这样想的:"总有一天发条会松的,或者他们会忘了给她上发条,就像老格林姆从小酒店回来时,常常忘了给手表上发条一样。那时我就没事了。"

"我是一次上发条就永远用不完的,这是很久很久以前的事了,我全都忘了。"

"天哪,"汤姆说,"你被造出来已经很久了!"

"我从来没有被造出来过,我的孩子,我永远存在,我像永恒一样古老,像时间一样年轻。"

这时,从女士的脸上掠过一丝奇怪的表情,非常严肃、非常悲伤,但又非常非常温柔和蔼。她抬起头,望着远方,她的目光似乎越过大海、越过天空,注视着非常遥远、非常遥远的地方的什么东西。

她这样看着的时候，脸上掠过一丝如此宁静、温柔、显示出耐心的、充满希望的微笑。有一刻汤姆觉得，她看上去根本不丑。

她看上去再也不丑了。她就像许多许多人一样，没有一张漂亮的脸蛋，但是看上去却很可爱，立刻就抓住了小孩子们的心；因为，房子虽然十分平常，却从窗口透出一种美丽善良的精神。

汤姆对着她的脸微笑着，那一刻，她看上去那么令人愉快。

这位奇异的仙女也笑了，她说："是啊，你刚才认为我很丑，不是吗？"

汤姆垂下了头，脸一直红到耳朵根。

"我是很丑。我是世界上最丑的仙女；我会一直丑下去，直到人们的行为都变得像应该有的那么好为止。那时候，我就会变得像我的妹妹一样漂亮，她是世界上最可爱的仙女。

"她的名字叫'她怎么待你你就怎么待人'。所以，她从我结束的地方开始，我从她结束的地方开始；不愿意听她的人就必须听我，就像你看到的那样。现在，你们都走开吧，只留下汤姆，他可以留下，看看我下面做什么。在他上学之前，这对他开始学好是一个很好的教训。

"汤姆，从现在起，每个礼拜五我都到这儿来，把所有虐待孩子们的人召集在一起，用他们对待孩子们的办法来对待他们。"

她所实行的惩罚使汤姆非常害怕,他爬到了一块石头下面。

这使住在那儿的两只海蟹非常生气,而且吓坏了他们的朋友酪鱼。但是,汤姆不愿意为了让他们安心而让开。

首先,她叫来了所有给小孩子胡乱看病吃药的医生。他们中大多数是年老的,因为年轻的都学好了。她让他们全体站成一排,他们的样子都很沮丧,因为,他们知道会发生什么事。

首先,她把他们的牙齿都拔掉;然后,她给他们身上到处放血;

然后,她让他们吃氯化亚汞、球根牵牛根泻药、盐、番泻叶泻药、硫黄和解毒甜剂,吃得他们脸上全露出恐怖的表情;

然后,她让他们吃了许多芥末和水做的催吐剂;然后一切从头再来一遍;

这就是她度过整个上午的方式。

然后,她叫来一大队愚蠢的女士,因为她们夹疼了自己孩子的腰和脚趾头。

她用束腰带把她们全都捆得紧紧的,这使她们憋得很难受、想呕吐;她们鼻子变红,手脚变肿;

然后,她把她们可怜的脚硬塞进最最紧得要命的靴子,让她们全都跳舞;真的,没有谁跳舞比这个更笨、更难看的了。

然后,她就问她们是不是很喜欢这样,如果她们说根本不喜欢,她就放她们走;因为,她们那样做只不过是遵循愚蠢的风俗,以为这样对孩子有好处,就好像黄蜂的腰和猪的脚趾头会很漂亮，或者很卫生，或者对人有用处似的。

然后，她叫来所有粗心的保姆，给她们全身刺进别针；让她们坐在童车里，用很紧的带子勒着她们的肚子，让她们的头和手臂挂在旁边，推着她们走；直到她们头昏眼花，直想呕吐，快要中暑为止。

不过，她们是在水下，应该说是中水暑。我向你保证，那种滋味和中暑一样难受。如果你坐到磨坊的水轮下面试试，你就会知道的。记着，如果你听到海底有车子轰隆隆行驶的声音，水手们告诉你那是地震，你应该知道其实是另一回事。那是那位老女士用童车推着保姆。

那一天，她很累了，只好先去吃午饭。

吃过午饭以后，她又继续工作。她叫来了所有残酷的校长，整个团整个旅地叫了过来。她一看见他们，就很可怕地皱起眉头，认真工作起来，好像一天中最重要的工作开始了。他们中有一多半臭烘烘、脏兮兮、邋里邋遢、污秽不堪、散发着难闻的气味。那些家伙不敢打个头和他们差不多的人，就打小孩子来取乐。你可能看过老教宗格里高利的画像吧，不过他是个善良正直的人，他干预的事都是他懂的事情。他们就像那画里一样教孩子们唱"法–法–米–法"，椅子底下放着一根九尾鞭①。但是，因为他们自己没有孩子，就想当然地

---

①九尾鞭是一种多股的软鞭，昔日英国皇家海军所使用的重体罚刑具。

认为，天底下只有他们才知道怎样管孩子。现在仍然有些人这样认为呢。在古老的盎格鲁－撒克逊时代，他们开了个头，把虐待孩子的风尚带到了英国。他们对待自由的男孩，还有女孩，还不如你对待狗和马。但是，很久以前，"你怎么待人她就怎么待你"老夫人就已经把他们全部捉住，让他们好好地尝了尝他们自己的鞭子的滋味。也许，那对他们是很有好处的。

她扇校长们的耳光，用戒尺重重地敲他们的头，用藤条抽他们的手心。她对他们说，他们在编故事说假话，是这样那样的坏人。他们越是愤愤不平，捍卫自己的荣誉，声称自己说的是真话，她就越是断言不是那么回事，说他们只是在撒谎。最后，她举起那根很大的白桦木杖，声音很响地打他们的全身，罚他们每个人在她下礼拜五再来之前，背完三十万行希伯来文。他们听了，全都号啕大哭，他们呼出的气冒上了海面，就像苏打水冒出的泡泡一样。那就是海里面为什么会冒泡泡的原因之一。还有别的原因，但主要和小男孩有关的原因就是那个。这时，她很累了，很乐意停下来；其实，她已经很好地完成了一天的工作。

汤姆并不十分讨厌这位老女士，但是，他忍不住地认为，她有些狠毒。她确实有点狠毒，这一点也不奇怪；因为，必须等到人们都知恶行善的时候，她才能变漂亮，她必须等很长很长的时间。

可怜的"你怎么待人她就怎么待你"老夫人！有大量艰苦的工作等着她去做呢，她还不如生来就是个洗衣妇，整天站在木盆前面；但是你知道，人们并非总是能够选择自己的职业的。

汤姆急于问她一个问题；无论如何，她看他的时候，不再用审视的目光了；而且，她脸上会时不时地露出一点明朗的笑容。她暗自轻声地笑着，这给了汤姆勇气。

他终于说道："请问，夫人，我可以问你一个问题吗？"

"当然可以，我的小亲爱的。"

"你为什么不把所有的坏师傅带到这儿来，也狠狠地惩罚他们一顿呢？工头们毒打煤矿的童工；制钉的师傅用锉刀锉徒弟的鼻子，用锤子敲他们的手指头；还有所有扫烟囱的师傅，就像我的师傅格林姆？很久以前，我看见他掉进水里，我真的以为他到了这儿。他对我非常非常坏，我一点也不冤枉他。"

这时，老女士的脸色非常严厉，汤姆看了不禁十分害怕，很后悔自己这么大胆。但是她并不是对汤姆生气。

她只是答道："整个礼拜我都在管他们，他们不在这儿，在与这儿不同的地方，因为他们是明知故犯。"

她的声音非常平静，但是里面有什么东西使汤姆从头到脚感到刺痛，好像钻进了一大群海荨麻中间一样。

"但是这儿的人，"她继续说道，"并不知道自己是在做坏事，他们只是愚蠢和没有耐心。所以，我只是稍稍地惩罚他们，让他们有耐心，学会像有理智的人一样，运用他们的正常理智，就可以了。

"对于扫烟囱的孩子、煤矿的童工和制钉的学徒，我的妹妹已经派好人去阻止那种事情再发生了。我对她非常感激，因为只要她能阻止残酷的师傅们虐待可怜的孩子们，我变漂亮的日期至少就可以提前一千年。

"现在，你要做一个好孩子，做一些他们没有做的、会得到善报的事；还有，我的妹妹'她怎么待你你就怎么待人'夫人礼拜天来，也许她会注意你，教你怎么做。对于这个，她比我知道得多。"

说完，她就走了。

听说再也没有机会见到格林姆，汤姆真是非常高兴。不过，想到以前格林姆有时给他喝剩下的啤酒，他有些替他难过。但是，他决定整个礼拜六都做一个非常好的孩子。

他真的那么做了，他不再吓唬海蟹，不再挠活的珊瑚的痒痒，不再向海葵的嘴里塞石子儿，让他们以为晚饭来了。

礼拜天早晨，"她怎么待你你就怎么待人"夫人真的来了。一见到她，所有的孩子都跳起舞、拍起手来，汤姆也尽其所能地跳舞。

说到这位美丽的女士，我说不出她的头发是什么颜色，她的眼睛是什么颜色，汤姆也说不出。

任何一个人见到她，心中只有一个念头，那就是：她有一张自己一生所见过的，或者最想见到的，最甜美、最仁慈、最温柔、最有趣、最快乐的脸庞。

但是汤姆心里想的是，她是一位很高的女子，像她的姐姐一样高，却不像她姐姐那样，又有节疤，又有棱角，又有鳞，又有刺。

相反，她是照顾过孩子的女子中最和蔼、最温柔、最丰腴、最平和、最让人喜爱、最令人想拥抱、最美妙芬芳的女子。

她完全理解孩子们，因为她有许多自己的孩子：有好多排、一大群，直到今天还有。她所有的快乐就是，只要一有空，就和孩子们一起玩。这说明，她是一个有见识的女子，因为孩子是世界上最好的朋友，一起玩的最好的伙伴。至少，世界上所有的聪明人都是这么想的。

所以，孩子们一见到她，自然就全都上去抓住她，拉着她坐在一块石头上，爬到她怀里，缠住她的脖子，握住她的手，然后，孩子们都将大拇指放进嘴里吮着，发出满意的声音，就像一大群小鸡的声音一样，他们本来就应该是这样的啊。

那些没有在她身上找到地方的孩子就坐在沙子上，抱住她的光脚。你知道，在水里，是没有人穿鞋子的。只有汤姆站在那儿，盯着他们看，因为他不明白那是怎么一回事。

"你是谁，你这个小心肝？"她说。

"他就是新来的孩子！"他们把手指从嘴里拿出来，一起嚷道，"他没有妈妈。"

说完,他们又全都把手指放进嘴里,因为他们不想浪费一点点时间。

"那么我就做他的妈妈,他应该有最好的位置。现在,你们大家都下来,马上下来。"

她举起了两只挂满水孩子的手臂:一只手臂上挂着九百个,另一只手臂上挂着一千三百个。她把他们全抛出去,抛进了水里。

但是他们一点也不在乎,就像《斯图威尔的彼得》中那些淘气的孩子,被圣尼古拉斯浸到墨水池里①时一样,毫不在乎。

他们甚至没有把大拇指从嘴里拿出来,就又划着水扭动着身体回到她身上,像一大群蝌蚪一样。最后她身上从头到脚什么也看不见了,只有密密麻麻一大片水孩子。

她把汤姆抱在怀里,放在她身上最柔软的地方,吻着他,轻轻地拍着他,温柔地、轻轻地和他说话。在他一生中,这样的事他从前连听也没有听说过。

汤姆看着她的眼睛,爱着她,爱着,爱着,最后,他一下子就在纯洁的爱中睡着了。

他醒来的时候,她正在给孩子们讲故事。她讲的什么故

---

①《斯图威尔的彼得》是一本德国小人书,当时在欧洲各国的孩子中间非常流行。此书中有一幅画描述圣尼古拉斯把一个淘气的小男孩的脑袋浸到墨水池里,以此来惩罚他。

事？她讲的一个故事，是从每一个圣诞夜开始的，但永远永远不会结束。

在她讲故事的时候，孩子们都把大拇指从嘴里拿出来，十分认真地听；但是他们听的时候永远不伤心，因为她从来不给他们讲伤心的事情。

汤姆也在听，一直听不厌。他听了很久很久，终于又一次睡着了；当他醒来的时候，女士仍然在哄着他。

"别走，"小汤姆说，"这样太美了。以前从来没有人抱过我。"

"别走，"所有的孩子一起说，"你还没有给我们唱歌。"

"好吧，我只有时间唱一支歌。那么唱什么呢？"

"失去的布娃娃！失去的布娃娃！"所有的孩子立刻一起嚷道。

于是，那位奇异的仙女唱了起来：

> 我曾经有一个可爱的小布娃娃，亲爱的，
> 那是世界上最漂亮的小布娃娃；
> 她的脸那么红艳那么洁白，亲爱的，
> 她有一头那么迷人的卷发。
> 但我失去了可怜的小布娃娃，亲爱的，
> 那一天我在野地里游戏玩耍；
> 我为她哭了不止一个礼拜，亲爱的，

但是我一直没有能够找到她。

我终于找到了可怜的小布娃娃，亲爱的，
那一天我在野地里游戏玩耍；
人家说她已经变得不成样子，亲爱的，
因为她身上的漆已经掉光啦，
她的胳膊已经被母牛踩掉，亲爱的，
她的头上找不到一根卷发：
但是，为了老交情，她还在那儿，亲爱的，
那个世界上最最漂亮的布娃娃。

一位仙女唱这样的歌，这有多傻！
多么傻的水孩子们，竟然十分开心地听这样的歌！
嗯，可是你看见了呀，在下面的海底地面上，他们得不到煽动蛊惑姨妈的论点的好处。

"那么，"仙女对汤姆说，"你是否愿意为了我的缘故，做一个好孩子，在我回来之前再也不折磨海里的动物？"

"你会再抱我吗？"可怜的小汤姆说。

"当然会，你这个小鸭子。我很愿意把你带在身边，一直抱着你，只是我不应该那样。"

说完，她就走了。

于是，汤姆真的做一个好孩子了。从此以后，他很久很久没有再折磨过海里的动物,他活多久,就有多久。你放心,他现在仍然活着,活得很好。

啊,有仁慈的、毛茸茸的妈妈抱着,给他们讲故事的小孩子,真应该学好啊;他们真应该担心自己变得淘气、让妈妈的可爱的眼睛流泪!

第六章

> 孩童，在你生存的高度，你依然
> 在夜空里辉耀天赋自由的荣光，
> 为何要费尽辛苦向岁月挑衅，
> 招来不可避免的重轭加诸身上——
>
> 在争斗中如此轻率对待你的福？
> 你的灵魂很快会背上尘世的重负，
> 世俗将压住你，像霜一样沉，
> 淹没你，几乎像生命一样深。
>
> ——华兹华斯

现在我要讲到故事最伤心的部分了。

我知道，有人读了会发笑，说有什么好伤心的，真是白耗精神；但是我知道有一个人不会这样。

他是一位军官，两撇灰白的小胡子有你胳膊那么长。有一次，他对同伴们说，世界上他见过的事情中有两个场面最让人伤心，当时，他激动得泪水盈眶；要是能够阻止或弥补那样的事，让他干什么他都心甘情愿。

那两件事是：孩子对着破了的洋娃娃哭，孩子偷糖果。

同伴们当面并没有笑他，因为他的胡子已经那么长、那么灰白。但是他走开以后，他们就在背后说他多愁善感什么的。

只有一个人没有笑，那是教友派一位亲爱的小个子老太太。她的灵魂像她的帽子一样洁白，当然，总的来说她是不喜爱士兵的。她说话的声音很平静，真是一位地道的教友派教徒。

她说："朋友们，我脑子里产生了一个念头：他是一位真正的勇士。"

你一定认为，汤姆想要的一切现在都有了，他应该变成一个十分好的孩子。

那你就错了。十分舒适是一件很好的事，但并不能使人学好。其实，有时反而使人更淘气。

我很难过地说，小汤姆就是这样。因为，他越来越喜欢吃海牛眼睛和海棒棒糖了，他那愚蠢的小脑袋里整天想的就是这两样东西。他总是希望能够多得到一些。

他整天盘算着：那位奇异的女士什么时候再来，带点糖果来给他吃；她会给他带什么，带多少，给他的会不会比给别人的多。

整个白天，除了糖果以外，他什么也不想；整个晚上，除了糖果以外，他什么也梦不见。那么，结果怎么样了呢？

他开始观察那位女士，想找出她放糖果的地方。他躲躲藏藏、偷偷摸摸地跟踪她，假装是在看别的地方，在找别的东西。终于，他找着了：原来呀，她把它们放在一只美丽的珍珠母小柜子中，它藏在远处一个很深的石头缝里。

他很想去打开那只小柜子，但又有些害怕，他就一直想着它。最后，他实在忍不住了，就把害怕两个字丢在了一边。

一天晚上，别的孩子都睡了，他却想着棒棒糖，睡不着。他悄悄地从石头中间爬到了柜子旁边，瞧！它是开着的。

但是他不但高兴不起来，而且害怕了。他但愿自己从来没有来过，因为，柜子里面的东西实在是太多太好了。

"我只是碰它们一下。"于是，他碰了；然后，

"我只是尝一下。"于是，他尝了一下；然后，

"我只吃一个。"于是，他吃了一个；然后，

只吃两个，只吃三个……他害怕她很快会来，把他捉住，于是，他索性狼吞虎咽起来。就像猪八戒吃人参果，食而不知其味；而且，并没有享受到什么乐趣。

然后，他觉得有些不舒服。"再吃一个就不吃了"，他对自己说。然后，又是再吃一个就不吃了……

最后，全部吃完了。

他做这些事的时候,"你怎么待人她就怎么待你"夫人一直看着他,她就在他身后。

"那她为什么不把柜子锁起来呢?"嗯,我知道。

这似乎很奇怪,但她从来不给柜子上锁;谁都可以自己去尝尝,想吃多少就吃多少。这很奇怪,但是确实如此。我敢说她什么都知道。也许,她是想让人们烫痛手指以后,再也不把手指伸到火中去。

她摘下了眼镜,因为她不想看得太仔细、太多。因为非常难过,她的眉毛抬了起来,抬到了头发里面。她的眼睛睁得很大,大得可以装下全世界的悲伤;她眼睛里噙满了大颗大颗的泪珠,她的眼睛常常是这样的。

但是她只说了一句话:"啊!可怜的小宝贝!你和别人一样。"

她是说给自己听的,汤姆听不见,也看不见她。对于这个,你一点也不能认为她是多愁善感。

如果你那么想,而且认为,在你我或别的什么人犯了错误的时候,她会因为心肠太软,不对我们加以惩罚,饶了我们,那你就大错特错了。每一年每一天,都有许多人是那么想的。

那奇怪的仙女看见糖果被吃光以后,是怎么做的呢?

她有没有扑向汤姆,一把抓住他的后颈,夹着他、按下他的脑袋、押着他、打他、戳他、拽他、捏他、敲他、罚他站壁角、摇他、扇他耳光、让他坐在冰冷的石头上反省自己,等等?

一点也没有。如果你知道在哪儿可以找到她,你可以看到她怎么做,但是你决不会看到她那样做。因为她知道得很清楚,如果她那样做的话,汤姆就会挣扎反抗,他会又踢又咬、骂脏话,在那一刻,重新变成一个淘气、野蛮的扫烟囱的小孩,像以实玛利①那样,他与人人作对,人人与他作对。

她有没有责问他、逼他、吓唬他、威胁他,让他坦白?

一点也没有。我说过,如果你知道在哪儿可以找到她,你可以看到她怎么做,但是你决不会看到她那样做。因为如果她那样做的话,就等于让他因为害怕而说谎,那样对他更不好,甚至比重新变成扫烟囱的野孩子还要坏,如果世界上还有比那更坏的事情的话。

她没有。那样的事,她留给性急的父母和老师去做。有些人把老师叫作懒家伙。孩子们期盼的,为自己争取的,是一个公平的审判;他们却不给孩子们这种机会,而是恫吓他们,逼他们承认自己犯了错。太残忍、太不公平啦,就连法庭上的法官对待最坏的盗贼或者杀人犯,都不敢那样做,因为英格兰的好法律是禁止那样做的。是啊,那些老师甚至对孩子们施以惩罚,迫使他们认错。那真一种令人深恶痛绝的罪行,现在已经没有人犯那种罪了,只除了宗教裁判所长、那不勒

---

①以实玛利:亚伯拉罕与侍女哈加所生之子,被人们所唾弃,社会公敌。参见旧约创世纪第十六章第十二节。

斯国王和另外少数几个遭世人厌烦的坏人。那么他们要说了："我们培养孩子，让他走在应该走的道路上，他长大后脱离了正道。那么，所罗门为什么说，他不该脱离正道呢？"但是，殴打、催逼、恐吓和质问之道，也许并不是孩子们应该走的道路。甚至一只雄马驹都不该走那种道路，如果你想驯服它，使它成为一匹安静的好马的话。

有些人也许会说："啊！假如仙女已经知道了一切，她就没有必要那样做了呀。"这话没错。但是，假如她并不知道，她的做法也不会比英国的法官和陪审团更糟。做父母和做老师的，也不该再那样对待孩子。

所以，对于这件事，她一个字也没有说。甚至，在第二天，当汤姆和其他孩子一起来领糖果时，她也没有说什么。他心里害怕，所以不敢来，但是更不敢不来；因为他害怕那样一来，别人会怀疑他。

他想，糖果已经全被自己吃光了，哪里再有什么发给大家呢？到时候肯定露馅儿。想到这个，他更是害怕得要命。因为，仙女肯定会问，糖果到哪里去了，是谁吃掉了？

但是，瞧！她把糖果拿了出来，一点也没有少。汤姆惊呆了，心里更加害怕。

当仙女仔细地打量着他的脸时候，他从头到脚都在发抖；但是，她给了他和别人一样多的一份。他心想，她大概还没有发觉他做的事。

但是，当他把糖果放进嘴里的时候，它们的味道使他讨厌极了，他直想呕吐，只好拼命地快跑，离开那儿。这以后的一个礼拜，他难受得要命，一直郁郁不乐。

第二个礼拜发糖果的时候，他又领到了自己的一份，仙女又仔细地打量着他的脸。她的神情悲伤极了，她从来没有这么伤心过。

他更受不了糖果的味儿了，但不管多难受，他还是吃了下去。

"她怎么待你你就怎么待人"夫人来的时候，他想像别人一样被她抱，但是她非常严肃地说："我愿意抱你，但是我不能，你身上有那么多角和刺。"

汤姆看看自己。

自己身上长满了刺，就像海胆一样。

这并没有什么奇怪。因为，你必须明白、必须相信：人的灵魂制造人的身体，就像蜗牛制造自己的壳一样。我并不是开玩笑，我的小小伙子，我说这话是非常严肃、非常认真的。

所以，当汤姆的灵魂长满了带着淘气性格的刺的时候，他身上就免不了也长刺。这样一来，就没有人愿意抱他、和他一起玩了，甚至看都不想看他。

现在，汤姆除了走开，躲在角落里哭，还能干什么呢？没有人会和他一起玩，什么原因？他自己心里全明白。

整整一个礼拜，他惨透了。丑仙女来的时候，再一次仔细地打量他的脸，她的神情比以往任何时候更加严肃、更加悲伤。这时,他再也受不了了。

他把糖果扔掉:"不,我不要糖果,我再也受不了它们了。"

说完,他放声大哭起来。可怜的小小伙子,他把发生的一切都告诉了"你怎么待人她就怎么待你"夫人。

说完以后,他害怕极了,他想,她会非常严厉地惩罚他的。但是她没有,她只是把他举起来,亲了他一下。那并不怎么让人舒服,因为她的下巴长满了硬毛;但是他心里太孤单了,他想,粗糙的亲吻总比没有的好。

"我原谅你,小小伙子,"她说,"只要主动把事情真相告诉我,我总是会立刻就原谅的。"

"那么,你愿意把我身上这些讨厌的刺全弄掉么?"

"那完全是另一回事。你身上的刺是你自己长出来的,只有你自己才能弄掉。"

"我应该怎么弄?"汤姆问,重新又哭了起来。

"嗯,我想,你应该去上学了。我会给你带一位女教师来,她会教你除掉身上的刺。"

说完,她就走了。

想到女教师的样子,汤姆很害怕。汤姆心想,她当然会带一根白桦木杖来,或者带一根藤条来。但是他最后安慰自己说,也许她是一个像温德尔的那位老妇人一样的女教师。

根本就不是。仙女带她来了,她是一个小姑娘,从来没见过这么美丽的小姑娘。长长的卷发飘在她身后,就像一片

金色的云；长长的袍子在她身体周围飘动着，就像白银做的一样。

"就是这个孩子，"仙女说，"你必须教他学好，不管你愿意不愿意。"

"我知道。"小姑娘说，但是她好像不怎么愿意，因为她把手指放在嘴里，垂着眼睛瞟他。汤姆也把手指放在嘴里，垂着眼睛瞟她，他为自己感到十分害臊。

小姑娘好像不知道怎样开始才好，也许她永远也不会开始教他，如果不是可怜的汤姆放声大哭起来，请求她教他学好，帮助他治好身上的刺的话。

看到汤姆这个样子，她心软了，开始教他。这个开始，就像世界上所有的孩子开始上课时一样地有趣。

小姑娘教了汤姆些什么？她首先教他的，正是你从坐在妈妈的膝盖上，学第一句祈祷词开始，所学到的一切。

但是，她教他的东西比那些简单多了。因为，我的孩子，那个世界上的课和这个世界的课不同，没有许多很难的词儿。所以，水孩子们比你更加喜欢上课，希望学更多更多的东西。对于那些课的意思，成年人不会感到迷惑不解，也不会起争执，因为那些课全都很清楚很纯洁，出自于所有生命与真理的永久福地，就像出自于欧弗顿池塘的测验一样[1]。

---

[1] 英国汉普郡有一个著名的大村子名欧弗顿，但这句话是什么意思不详。

从礼拜一到礼拜六,她每天都教汤姆,只是每个礼拜天她都回家去,由仁慈的仙女来代她上课。仙女还没有来教多少次,汤姆身上的刺就全都没有了,他的皮肤重新变得又光滑又干净。

"天哪!"小姑娘说,"唉,现在我知道你是谁了。你就是那一天,到我房间里来的那个扫烟囱的孩子。"

"天哪!"汤姆嚷道,"现在我也知道你是谁了。你就是那一天,我看到的那个躺在床上的、洁白的小姐。"

他向她奔过去,想紧紧地抱住她,亲吻她。但是他没有那样做,因为,他想到了,她是出身很高贵的小姐。所以,他只是绕着她跳啊,跳啊,一直跳到累得跳不动为止。

然后,他们开始给对方讲自己所有的故事:

他讲他怎样到水里去,她讲她怎样摔到石头上;

他讲他怎样游到大海,她讲她怎样飞出窗子;

他讲他怎样这个、那个、还有……她讲她怎样这个、那个、还有……

等全部都讲完了,他们俩又从头再讲一遍。我说不准他们谁讲话讲得更快。

然后,他们又重新开始上课;他们俩都非常喜欢上课,整整七年过去了,他们还在那儿上课。

你会以为,汤姆在那整整七年中非常满足和幸福;但是事实上并不是这样。他脑子里总想着一件事,那就是,她每个礼拜天回家去,她的家在哪儿。

她回答说,在一个非常美丽的地方。

但是,那个非常美丽的地方是什么样的呢?它在什么地方?

啊!这正是她不能说的呀。这很奇怪,却是真的,任何人都不能说。那些常常在那个地方的人,或者即使是离那个地方很近的人,对于它一个字也不能说,连它是什么样子也不能让别人知道。

那个地方叫"世外奇境",汤姆后来去了那儿。

有许多人住在它附近,就吹大话说,他们对它从南到北都熟悉,好像他们在那儿当过邮递员似的;但是因为他们远在世外奇境,说什么都不要紧:那地方远着呢,离这儿有九亿九千九百万里。所以,他们说什么和我们一点都没有关系。

但是那些真的去过那个地方的,可爱、和蔼、有爱心、聪明、善良、自我牺牲的人,是绝不会对你说它一个字的;最多只是说,它是全世界最美丽的地方;如果你再问他们什么,他们就会谦虚地保持沉默,怕被别人笑话;他们这样做十分正确。

所以,善良的小艾丽所能说的就是,世界上其他所有地方加在一起也比不上它。她那样说,当然只能使汤姆急着也要去那个地方。

"艾丽小姐,"最后他说,"我想知道,为什么你每个礼拜天回家时,我不能和你一起去。你不说我心里就不得安宁,那样,也就不能让你安宁。"

"这个你得问仙女。"

"你怎么待人她就怎么待你"仙女来的时候,汤姆问了她。

"只配和海里的动物一起玩的小男孩是不能去那儿的,"她说,"去那儿的人必须首先去他不喜欢去的地方,帮助他不喜欢的人。"

"那么,艾丽也那样做过的?"

"去问她。"

艾丽红着脸说,"是的,汤姆。开始我不喜欢来这儿,因为我在家里幸福极了,那里天天都是礼拜天。开始我很害怕你,因为……因为……"

"因为我浑身都是刺?但是我现在身上没有刺了,是吗,艾丽小姐?"

"是的,"艾丽说,"现在我非常喜欢你,我也喜欢到这儿来。"

"也许,"仙女说,"你也必须学会喜欢去你所不喜欢的地方,帮助你所不喜欢的人,就像艾丽那样。"

汤姆把手指放进嘴里,垂下了头;他才不愿意呢。

所以,"当她怎么待你你就怎么待人"夫人来的时候,汤姆又问。因为他的小脑袋里想:"她不像她姐姐那样严厉,也许她更容易饶过我。"

啊,汤姆,汤姆,傻家伙!我不知道我怎么能责备你,因为许多大人的心里也有这样的念头呢。

但是,当他们这样想的时候,他们得到的回答也和汤姆一样。当他问第二位仙女的时候,她说的话和第一位仙女一样,没有一个字不同。

这样一来,汤姆心里很难过了。礼拜天艾丽回了家,他就整天地发愁、哭泣;对仙女所讲的好孩子的故事,他一点也听不进去;尽管,那些故事比她以前讲的任何故事都好听得多。

其实,他越是听得多,就越是不喜欢听。那些故事全是讲某个孩子怎样做自己不喜欢做的事,怎样不怕麻烦帮助别人,怎样努力工作养活弟弟妹妹,而不是只顾自己玩。

她还讲了古时候一位圣子殉难的故事。那些野蛮人不愿意崇拜神的偶像,把圣子杀害了。她开始讲这个故事的时候,汤姆再也受不了了,他跑得远远的,躲在石头中间。

艾丽回来以后,他怕羞不敢见她,因为他觉得她会瞧不起他,认为他是个胆小鬼。接着,他又对她感到很反感,因为她比自己地位高,她能做的事情他不能做。

看到汤姆这种样子,可怜的艾丽感到十分惊讶和伤心。最后,汤姆放声大哭起来,但是,他不能把自己的真心话告诉她。

这时,汤姆已经克制住了自己的好奇心,不再想艾丽礼拜天到哪儿去这件事了。所以,他开始对和自己一起玩的伙伴、对海里的宫殿等等，都失去兴趣。

也许，这样一来，汤姆感到轻松极了。他变得对周围的一切都不满意，他不想再待下去了，他要走，管它去哪儿呢。

"唉，"最后他说，"我在这儿太悲惨，我要走了，但愿你会跟我一起走。"

"啊！"艾丽说，"但愿我能跟你一起走，但不幸的是仙女说了，如果你一定要走，你得自己一个人走。别弄那只可怜的蟹，汤姆。"

汤姆戳那只蟹是因为他觉得很想恶作剧一番。

"别，汤姆，"艾丽说，"否则仙女会惩罚你的。"

汤姆几乎要脱口而出："我才不在乎她会怎么样呢！"但是，他及时地把话缩了回去。

"我知道她要我做什么。"他很伤心地发着牢骚，"她要我去找那个可怕的老格林姆。我不喜欢他，那是当然的。如果我找到他，他会再把我变成一个扫烟囱的孩子，这个我知道。这就是我一直害怕的事情。"

"不，他不可能。这个我知道得很清楚。谁也无法把水孩子变成扫烟囱的孩子，谁也无法伤害水孩子，只要他是个好孩子的话。"

"啊，"淘气的汤姆说，"我知道你想干什么，你想说服我去找他，因为你对我厌倦了，想摆脱我。"

听到汤姆这样说，小艾丽睁大了眼睛，泪水涌了上来。

"啊，汤姆，汤姆，"她说，她伤心极了，哭了起来，"啊，汤姆！你在哪儿？"

汤姆叫道："啊，艾丽，你在哪儿？"

因为，这时他们互相看不见了。小艾丽正在离他而去，汤姆听到她喊他的声音，那声音越来越小，越来越微弱，最后，什么也听不见了。

还有谁比这时的汤姆更害怕？他在石头中间游上来游下去，游过所有的大厅和房间，游得比从前任何时候都快。但是，他找不到她。

他呼喊她的名字，但是听不到她的回音；他问其他所有的水孩子，但他们都说没有见到她；最后，他浮到水面上，哭着，尖声喊叫"她怎么待你你就怎么待人"夫人，但是她不来。他又哭着，尖声喊叫"你怎么待人她就怎么待你"夫人。

也许，这是他所能做的最好的事情了。因为，她立刻就来了。

"啊！"汤姆说，"啊，天哪，天哪！我对艾丽太淘气了，我杀了她：我知道，我杀了她。"

"没这回事。"仙女说，"我送她回家了，她不会再回来，我不知道要过多久。"

仙女这样一说，汤姆哭得非常非常厉害。咸的大海因为他的眼泪而膨胀起来，潮水因为他的眼泪而涨得比前一天高出了 3954620819 分子一英寸。但那也可能要归因于月亮在变圆，也许本来就是因为月亮的缘故。但你知道，在新的哲学理论看来，给物理现象加上精神因素是正确的，特别是在客厅的桌子旁边。当然，也给精神现象，比如思考、祈祷、知道是与非，加上物理学因素。这样就拉平了，就像伯克郡那边的人说的那样。

"你把艾丽送走真是太残酷了！"汤姆呜咽道，"无论如何，我要找到她，哪怕到世界尽头，我也要找到她。"

仙女非常仁慈地把他抱在怀里，就像她妹妹那样，让她明白，那为什么不是她的错，因为她里面上了发条，像手表一样，一件事无论自己是不是喜欢做，都无法不做。

然后，她告诉他，他已经受人照顾得太久了，如果他想成为一个男子汉的话，现在必须到外面的世界去闯一闯了。她对他说，他必须像每一个降生到这个世界上来的人一样，完全靠自己在外面闯。用自己的眼睛看，用自己的鼻子闻，自己睡自己做的床，自己玩火就烫痛自己的手指头。

然后，她告诉他，世界上可以看到多少精彩的东西；如果一个人在里面还算勇敢、正直、善良的话，它将是一个多么奇异、有趣、有秩序、受人尊重、安排得井井有条的世界，总的来说，是一个多么成功，其实是要多么成功有多么成功的地方。

然后，她对他说，无论遇到什么事情都不要害怕，因为只要他记住自己所上过的课，做他知道是正确的事，什么东西都无法伤害他。

最后,小汤姆被她安慰得很安心了,急着要动身,想立刻就走。

"只是,"他说,"如果在出发之前,我能够见艾丽一面该有多好!"

"为什么?"

"因为……因为如果能让我认为她原谅了我,我会非常非常快乐。"

一眨眼,艾丽就站在了汤姆面前,她微笑着,看上去非常快乐,汤姆忍不住要亲吻她,但他不敢,他恐怕会那样对她不尊重,因为她是出身高贵的小姐。

"我走了,艾丽!"汤姆说,"我走了,哪怕走到世界尽头。但我还是不喜欢去,这是真心话。"

"啧!啧!啧!"仙女说,"其实你会非常喜欢的,你这个小坏蛋,你在心底里知道这个。但是如果你不喜欢,我会让你喜欢的。来吧,来看看只做自己喜欢的事情的人会有什么结果。"

她拿出了一个小橱子,她在石头缝里藏着各种神秘的小橱子。

这个小橱子里放的是一本最最奇妙的防水书,上面有许多从没有见过的照片。她找到的照片要比第一个人类出生早13598000多年,而且,她的照片不仅像我们的照片那样代表光和影，还有色彩①，并且是全彩色的，就像你在黑色雄松鸡的尾巴、蝴蝶的翅膀上可以看到的那样；其实可以说，大多数东西所显现的或可能显现的，也是全彩色。所以，她的照片非常稀奇，非常有名，孩子们都怀着莫大的喜悦，期待那本书打开。

在书的扉页上写着："伟大而著名的为汝所乐者之族的历史，他们因为想整天玩单弦口琴，从努力工作之国而来。"

他们在第一幅画上看到的是，那些为汝所乐者生活在"无忧无虑"山脚下的"现成"之土上，那儿到处生长着胡扯；如果你想知道那是什么，你必须去读《彼得·简单》②。

他们所过的生活非常像西西里岛上那些快活的老希腊人，你可以从古老的花瓶上面的画上看到那些希腊人。他们似乎有很充足的理由那样生活，因为他们不需要工作。

他们不住房子，而是住美丽的多孔石石洞，每天在温泉里洗三次澡；至于说衣服，那儿很暖和，先生们走路只穿很少的东西，只有一顶三角帽、一双搭扣鞋、一些很薄的夏衣；女士们在不是很懒的时候，在秋天，收集蜘蛛丝来做冬衣。

他们很喜欢音乐，但是嫌学钢琴和小提琴太麻烦；至于跳舞，那要用很多力气。所以他们整天坐在蚂蚁窝上，玩单

---

①在作者写这本书时，只有黑白照片。这本书1860年首版，1861年才出现人工加色彩的"彩色照片"。

②英国航海小说家弗雷德里克·马瑞亚特的一部航海小说。

弦口琴；如果蚂蚁咬他们，他们就换一个蚂蚁窝坐；再被咬，就再换一个。

他们坐在胡扯树下，等胡扯掉进他们的嘴里；坐在葡萄树下，把葡萄汁挤进他们的喉咙；如果有已经烤好的小猪，在旁边跑，叫着："来吃我。"——这是那个国家的名产——他们就等小猪跑到嘴边来，咬上一口，感到心满意足。

他们不需要武器，因为没有敌人会到他们的国土旁边来；他们没有工具，因为任何东西都是现成的到他们手上来；那位严厉的"必然"老仙女从来不管他们，不来捉他们去，不逼他们使用他们的聪明才智，不叫他们死。

等等，等等，等等，世界上没有任何人有他们那样舒服、方便、无忧无虑。

"唉，那种生活真快活。"汤姆说。

"你这样想？"仙女说，"你有没有看到后面那座高大的山峰，后面有烟从顶上冒出来？"

"看到了。"

"你有没有看到到处都是火山灰和火山渣？"

"看到了。"

"把书翻到五百年后，你会看到发生了什么事情。"

瞧，火山像一桶炸药似地爆发了，然后像开水壶似的沸腾着；三分之一的为汝所乐者被掀到了天上，另外三分之一被火山灰闷死，所以只有三分之一活了下来。

"你瞧,"仙女说,"生活在燃烧的火山上会有什么结果。"

"啊,你为什么不警告他们?"艾丽说。

"我想尽办法警告他们。我让烟从山顶上冒出来,哪儿有烟,哪儿就有火;我让火山灰和火山渣落得到处都是,哪儿有火山渣,哪儿就会再有火山渣;但是他们不愿面对现实,亲爱的,极少有人愿意面对现实。

"他们编了一套纯属无稽之谈的故事,那肯定不是我讲给他们听的。他们说,烟是一个巨人的呼吸,那巨人是某个神埋在山下的;火山渣是矮神烤全猪时留下的,还有其他胡言乱语。当人们这样想入非非时,我是无法教他们的,除非用好宝贝老白杨木杖。"

她把书翻到再五百年之后。书上是活下来的为汝所乐者,他们像以前一样,做他们乐于做的事情。他们懒得从火山旁边搬走。

所以他们说:"火山已经爆发了一次,这就足够说明不会再爆发了。"

他们的数量已经很少,但他们只是说:"人多好作乐,人少好吃饭。"

但事情真相并不是这样,胡扯树已经被火山烤死,他们已经吃完了烤猪,当然,不能指望烤猪生小猪。这样一来,他们的生活就很难了,他们只有用小棍子从地里挖坚果和草根来填肚子。

他们中有人谈到了种粮食,就像他们来"现成"国以前,他们的祖先所做的那样。但是他们已经忘了怎样做犁,这时他们甚至连怎样做单弦口琴也忘了。

而且,他们已经把许多年以前从"努力工作"国带来的粮食种子全吃光了。当然,出去再找一些来是太麻烦了,谁也不愿意干。所以,他们只好很悲惨地靠吃草根和坚果活命,所有体弱的小孩子都死了。

"唉,"汤姆说,"他们变得比野人好不了多少了。"

"瞧瞧他们全变得多么丑。"艾丽说。

"是啊,人如果没有烤牛排和葡萄干布丁吃,只吃蔬菜,嘴巴就会变大,嘴唇就会变粗糙,像吃土豆的可怜的爱尔兰人那样。"

说着,仙女又把书翻到再五百年以后。这时,他们已经全在树上生活,做了巢来躲避风雨。树下是狮子。

"唉,"艾丽说,"好像狮子已经吃掉许多人,因为现在活下来的已经非常非常少了。"

"是啊,"仙女说,"你知道,只有最强壮、最灵活的人才能爬上树,免得被狮子吃掉。"

"他们都是些多高、多笨重、肩膀多宽的家伙啊。"汤姆说,"我从来没有见过这么粗野的人。"

"是啊,现在他们都变得非常强壮了,因为女士们只愿意嫁给最强壮、最凶猛的先生,因为他们能够帮助她们爬到树上,不让狮子抓住。"

她把书翻到再五百年以后。这时,他们的人数更少了,变得更加强壮、更加凶猛。他们的脚变成了很奇怪的形状,这是因为他们像用手一样,用脚来抓住树枝,躺在树上;就像印度人用脚趾来穿针线一样。

两个孩子看了非常惊奇,问仙女是不是她干的。

"是,但又不是,"仙女微笑着说,"只有那些能够像用手一样用脚的人才能活得好,或者说白一点,能够结婚。所以每样东西都是他们得到最好的,只有他们才胜过别人活下来,其余的都饿死了。那些剩下来的人,延续下来一个十足的'脚趾拇指人'人种,就像短角牛、斯凯犬和观赏鸽延续了下来一样。"

"他们中有一个人身上都是毛。"艾丽说。

"啊!"仙女说,"他将成为他们时代的大人物,成为整个部落的首领。"

她把书翻到再五百年以后,上面的内容证实了她刚才说的话。

因为,那个身上长毛的首领生了身上长毛的孩子,这些孩子又生了毛更多的孩子;每个女人都希望嫁个身上长毛的丈夫,生下身上长毛的孩子,因为,气候已经变得非常潮湿,只有身上长毛的人才能活下去。

其他的男孩和女孩都咳嗽、打喷嚏、喉咙疼,还没有长大成人，就得了肺结核。

仙女把书翻到再五百年以后。他们的人数变得更少了。

"怎么，有一个人趴在地上拾草根，"艾丽说，"他不能直着行走了。"

他确实不再能直着行走了，因为，就像他们的脚改变了形状一样，他们的背也改变了形状。

"唉，"汤姆说，"他们全是猿。"

"像猿，像得不能再像了，"仙女说，"他们变得很笨，已经不能思考问题；因为，他们全都有几百年没有用过自己的智慧。他们也差不多忘了怎样说话。每个笨孩子都从笨父母那儿学到几句话，没有聪明才智再变化出新的话了。

"另外，他们变得非常凶猛野蛮，互相躲避，独自闷闷不乐、气呼呼地待在黑暗的森林里，从来听不到别人说话；最后，连说话是怎么回事几乎都忘了。恐怕，他们很快就会完全变成猿了，这全是因为只做自己喜欢的事的缘故啊。"

再过五百年以后，因为坏食物、野兽和猎人，他们几乎都死光了，只留下一个老得可怕的家伙，嘴巴长得像一只涂着柏油的皮革酒杯，站起来有七码高。杜差如大人[①]走到他面前，在他吼叫着、拍着胸脯的时候，向他开了枪。

[①]杜差如（1835-1903）：法裔美国探险家和作家，生于法国，在旅行途中卒于非洲。

他记得他的祖先曾经是人，想说："难道我不是人，不是一个兄弟？"

但是，他已经忘记怎样用舌头说话了；后来他想去找医生，但是他已经忘了医生这个词怎么说。

所以，他只能说一声："呜啵啵啵！"然后，死了。

这就是伟大而快乐的为汝所乐者民族的结局。当汤姆和艾丽看到书的结尾的时候，他们的样子非常悲伤和严肃。他们并不是无缘无故那样子的，因为他们真的在想象人曾经是猿。他们很单纯，从来没有想过问一问，书上那种生灵的大脑里有没有下丘脑。你们已经听说过了，在有下丘脑的情况下，他们不可能是猿，哪怕他们比具有各种猿猴特性的猿更像一只猿。

"难道你不能救他们，让他们不变成猿吗？"最后，艾丽问。

"首先，亲爱的，他们的行为得像人，决心做自己不喜欢的事情才行。但是，他们等得越久，行为越是像愚蠢的野兽那样，只做自己喜欢做的事情，就越变越傻、越变越笨。最后，就无药可医了，因为他们已经抛弃了自己的智慧。正是这种事情使我变得更丑，我不知道什么时候才能变漂亮。"

"现在他们到哪儿去了？"

"到他们应该去的地方去了，亲爱的。"

"是啊！"仙女合上书的时候，半是自言自语地、严肃地说，"人们说，我能把野兽变成人，通过环境、选择和竞争等等。嗯，也许他们说得对，但他们又说得不对。这是禁止我说的七件事之一，要等到卡克西格斯来到的那一天我才能说。无论如何，这与他们的事情无关。

"不管祖先是什么，他们是人，我劝告他们行为要像人，要照此行事。让他们记住这一点吧，每个问题都有两个方面，有上山的路也有下山的路；如果我能把野兽变成人，那么，按照同样的原则，我也能把人变成野兽。

"你有一两次快要被变成动物，小汤姆。其实，如果你不是下决心作这一次旅行，像一个男子汉一样出去闯世界的话，你最后会不会变成池塘里的一只水蜥，我就不知道了。"

"哦,天哪!"汤姆说,"我得赶在变成水蜥之前,赶紧溜掉,我立刻就走，哪怕走到世界尽头。"

第七章

大自然,老大自然,
将孩子抱在膝上,
说:"这有本故事书,
你父亲①为你写的书。

"同我去书里吧,"她说,
"漫游人迹未至的地方,
读一读上帝的书稿里
尚未有人读过的篇章。"

跟着亲爱的老保姆
大自然,他越走越远;

---

① 这里的"父亲"指上帝。

水孩子

> 她日日夜夜为他唱着
> 天地万物的诗篇。
>
> ——朗费罗

"现在,"汤姆说,"我准备动身了,哪怕到世界尽头。"

"啊,"仙女说,"这很勇敢,好孩子。但是,如果要找到格林姆,那你要去的地方比世界尽头更远,因为他在世外奇境。

"你必须到闪光墙去,通过永不打开的白色大门;然后再去和平池,去嘉莉妈妈①的安息所,那是好鲸鱼死的时候去的地方。嘉莉妈妈会告诉你去世外奇境的路,你在那儿可以找到格林姆先生。"

"天哪!"汤姆说,"但是我不知道去闪光墙的路,也不知道它在什么地方。"

"小孩子必须不怕麻烦,自己找答案,否则就永远不会长大成人。所以,你必须向海里的各种兽和天上的各种鸟打听。只要你对他们好,他们中有的就能告诉你去闪光墙的路。"

"嗯,"汤姆说,"那将是一个很长的旅行,所以我最好立刻动身。再见,艾丽小姐,你知道,我正在长成一个大孩子,我必须出去闯世界。"

---

①嘉莉妈妈:从拉丁文 Mater Cara(意思是被爱戴的母亲)而来,该称号为地中海东部诸国和诸岛屿的水手所使用。暴风雨中的海燕被那些水手称作"嘉莉妈妈的小鸟",他们也常常用这样来称呼雪花。

"我知道你必须去,"艾丽说,"但你不要忘了我,汤姆,我在这儿等你回来。"

她和他握了手,同他道了别。汤姆非常非常想吻她,但他认为那对她不尊重,因为她是小姐出身,所以,他只是保证不会忘记她。

但是他的小脑袋里满脑子转着闯世界的念头,五分钟便把她忘了。

不过,我很高兴地说,尽管他脑子里把她忘了,心里却没有忘。

他向海里的所有动物和天上的所有鸟儿打听,但是谁也不知道去闪光墙的路。为什么呢?因为,他所在的地方离北边太远了。

他遇到了一只船,这只船比他从前见过的船要大得多。那是一艘巨大的远洋轮,拖着长长的烟云尾巴。他很奇怪,没有帆她怎么能航行,于是游到近旁去看。

一大群海豚在围着她赛跑,汤姆向他们打听去闪光墙的路。但是他们不知道。他想弄明白那船是怎么航行的,最后他发现,原来是螺旋桨在推动她。

他兴高采烈地整天在她船尾下面跟着游,差一点被她的螺旋桨碰掉了鼻子,这才想到自己该离开她了。

然后,他观察着甲板上的水手,还有戴着软帽、撑着花洋伞的女士;他们谁也看不见他,因为他们的眼睛没有开:

其实，世界上大多数人的眼睛都没有开。

最后，一位非常漂亮可爱的夫人走到船尾瞭望台上来了。她穿一身深黑色的寡妇丧服，怀里抱着一个婴儿。她身体探出船尾瞭望台，一次又一次地向远方的英格兰回望。她一边望，一边唱着歌：

之一

温柔的温柔的风，从芳香的南方悄悄地来，
飘送你银色的云网，越过夏日的海；
薄薄的薄薄的雾纱，在凝露的手指上绕，
织一幅斑纹薄纱，遮住我和我的孩儿。

之二

深深的深深的爱，在自己的深渊里常在
主啊，请你普照海外，大地天空和大海；
在你隐形的圣殿里，庇护憔悴疲惫的心，
挡住悲伤、罪孽和羞辱，为我和我无助的孩儿。

她的声音轻轻的，那么温柔，空中的乐声如此甜美，汤姆本来真可能听上一整天。但是她把婴儿举到瞭望台的围栏上方，给他看海豚跳跃，看船的尾迹上咕噜噜翻腾的海水。瞧！看哪，婴儿看见了汤姆。

他们的目光相遇了,汤姆确信婴儿看见了自己。婴儿笑着,向他伸出双手;汤姆也笑着,向婴儿伸出双手。婴儿蹬着小腿,身体往前跃,仿佛想跳下船,到汤姆身边来。

"你看见什么了,宝贝?"夫人说。她的目光随着婴儿往下看,终于也看见了汤姆,看见他在下面的泡沫水珠中间游动。

她轻轻地尖叫一声,打了个激灵。然后她十分平静地说:"海里的婴儿?嗯,也许对于婴儿,大海是最快乐的地方。"她向汤姆挥手,喊道:"请稍等一下,宝贝,一会儿就行;也许,我们会随你去,得到休息。"

一位穿一身黑衣的保姆应声走出来,对她说了些什么,然后把她拽了进去。汤姆转过身,面向着北方,心里面很悲伤,充满了疑惑。他看着大轮船静静地驶向远方,融入暮色之中;看着船甲板上的灯一盏接一盏地露出光来,又一盏接一盏地消隐;看着那根长长的烟柱渐渐淡入暮霭之中,最后从视野中消失。

他继续向北游,一天又一天。有一天,他遇到了鲱鱼之王,他鼻子里长出一只马梳,嘴里叼着一条小鱼当雪茄。汤姆向他打听去闪光墙的路,他把小鱼吐出来,说:

"如果我是你的话,年轻的先生,我就去孤独石去问最后一只大海鸦。她是一个非常古老的家族的成员,几乎和我的家族一样古老。她知道许多许多现代人不知道的事情,就像老房子里的世家夫人常知道许多陈年旧事一样。"

汤姆向他打听到她那儿去的路,鲱鱼之王非常好心地告诉了他。因为，他是一个彬彬有礼的守旧派老绅士，尽管他长得丑极了，并且打扮花哨得稀奇古怪，就像一个懒洋洋地靠在俱乐部会所窗户上的老花花公子。

汤姆刚谢了他游开，他就在后面叫道："喂，我说，你会不会飞？"

"我没有试过，"汤姆说，"干吗？"

"因为，如果你会飞，我劝你决不要对那个老太太说。记住，别忘了，再见。"

汤姆向西北方向游去，他游了七天七夜，最后来到了鳕鱼海岸，他从来没有见过这样的地方。海底躺着成千上万的鳕鱼，他们整天狼吞虎咽地吃海贝类动物；上百头蓝鲨游来游去，遇上鳕鱼就吃了他们。

他们就这样吃、吃、互相吃，开天辟地以来他们就是这样。还没有谁到这儿来捉他们，发觉老嘉莉妈妈是多么富有。

在这儿，他见到了最后那一只大海鸦，她非常孤独地站在孤独石上。她是一个大个子的老太太，足足有三码高，站得笔直，就像古老的高地女酋长一样。

她穿着黑天鹅绒长袍，戴着白色的围脖，系着白色的围裙。她的鼻梁很高，这是不容置疑的高贵血统的标志。她鼻梁上还架着一副很大的白色眼镜，这使她看上去更加古怪，但这些是她的家族的古老风俗。

她没有翅膀，只是长着两只长羽毛的手臂，她用它们给

自己扇风,抱怨天气太热;她一直在轻轻地哼一首老歌给自己听,那还是很久很久以前,她还是一只小娃娃鸟的时候学的:

> 两个小鸟,在石头上坐着,
> 一个游走了,还留下一个;
> 和一位法啦啦女士。
> 另一个也游走,石头上没鸟了,
> 留下可怜的石头孤零零地;
> 和一位法啦啦女士。

鸟大概应该是"飞"走了,而不是"游"走了;但是因为她不能飞,她就有权利加以修改。无论如何,她唱这支歌很合适,因为她自己是一位女士。

汤姆很谦卑地走上前去,行了一个鞠躬礼。

她的第一句话是:"你有翅膀吗?你会不会飞?"

"哦,天哪,我没有,夫人;这个我想也想不到。"小汤姆狡猾地说。

"那我就很高兴和你说话了,亲爱的。如今,见到没有翅膀的东西可真让人长精神。现在,确实,每一种新贵的鸟都有翅膀,都会飞。向上飞,把自己抬高到在生活中的合适地位之上,他们又能得到什么?

"在我的祖先的时代,从来没有鸟会想要一双翅膀,而且没有翅膀过得很好；现在，他们都嘲笑我，因为我遵守古时候的好风尚。"

她还想说下去，汤姆却想插话；最后，他插上了话，因为这位老夫人终于说得透不过气来，又开始给自己扇风。乘这个机会，汤姆向她打听去闪光墙的路。

"闪光墙？还有谁知道得比我更清楚？几千年前，我们都是从闪光墙来的，那时那儿冷得还可以，气候还适合上流人士生活；可是现在，那儿真是热得要命，而且，长翅膀的下等东西飞上飞下，把什么东西都吃了。

"这样一来，上流人士的猎物被剥夺了，很难谋生；他们不敢离开石头出去冒险，因为害怕被什么飞着的东西撞上，那些东西一千年以前到一英里之内来也不敢——我说到哪儿了？

"唉，我们在世界上完全没落了，亲爱的，除了荣誉以外什么也没有留下。我是我们家族中剩下的最后一个了。我和一个朋友是在年轻的时候来这块石头上定居的，为的是避开那些低等动物。

"以前，我们曾经是最大的民族，遍布北方的岛屿；但是人类开枪打我们，敲我们的脑袋，拿走我们的蛋；你相信有这样的事么，他们说，在拉布拉多海岸；

"在拉布拉多海岸，海员们常常把木板从岩石上架到他们叫作船的东西上，沿着木板数百只地驱赶我们，把我们赶得成堆地摔倒在船舱里；然后，我想，他们吃了我们。

"嗯，但是，我说到哪儿了？最后，我们几乎全体覆没，只有在古老的大海鸦岛还有一些，那儿靠近冰岛海岸，什么人也爬不上去。

"即使在那儿我们也不得安宁。有一天，那时我还是一个小姑娘，突然地动山摇、海水沸腾、天昏地暗，空气中充满了浓烟和灰尘，古老的大海鸦岛陷进了大海。

"我们有的被撞成了碎片，有的被淹死，幸存下来的逃到了艾尔地，短嘴小海雀告诉我说，他们如今已经全死了。

"在以前的大海鸦岛旁边升起了一座新的大海鸦岛，但是那地方很破、很平，生活在那儿不安全，所以，我独自待在这儿。"

这就是大海鸦的故事，这故事可能很奇怪，但是每个字都是真的。

"你们要是有翅膀就好了！"汤姆说，"就可以全部和别的鸟一样飞走。"

"是啊，年轻的绅士。如果人不做绅士淑女，忘记了贵族阶级的那种责任，就会发现，在世上过日子并不难，就像不在意自己所作所为的其他人一样。唉，当时我要不是记起了贵族阶级的那种责任，现在就不会孤零零一个人了。"可怜的老夫人叹息说。

"是怎么一回事，夫人？"

"唉，我亲爱的，当时有一位绅士同我一起来到这里。在这儿待了一段时间后，他想结婚，实际上，他真的向我求婚了。嗯，我不能责怪他；我不否认，当时我年轻，而且很漂亮。但是你瞧，这样的事情我是不能同意的，因为他是我的已故的姐姐的丈夫，你明白了吗？"

"当然不能同意，夫人，"汤姆说，其实，对那件事他自然是一窍不通的，"我猜，她病得很厉害吧？"

"你没有理解我的意思，我亲爱的。我是说，我作为一个淑女，像我们家族一向都如此的那样，怀有正当而且尊贵的情感，我觉得，我有责任断然拒绝他，呵斥他，不断地啄他，使他待在适当的距离之外。说实话，有一次我啄他太厉害了一点，可怜的家伙，他向后跌倒，从石头上摔了下去。确实，那是一件很不幸的事，但不是我的错。一条鲨鱼从旁边经过，看见他在拍动手臂，扑上去吃了他。从此以后，我一直孤零零地生活着：

"和一位法啦啦女士。

"很快我就要离世了，我的小宝贝，没有人会想念我。到时候，这可怜的石头就剩下它孤零零的一个人了。"

"不过，请告诉我，到闪光墙的路怎么走？"汤姆问。

"哦，你要走了，我的小宝贝，你要走了。让我想想，我敢肯定，那是，真的，我的可怜的老脑袋十分糊涂了。你知不知道，我的小宝贝，我恐怕，如果你想知道，你得问那些下贱的鸟,因为我已经完全不记得了。"

可怜的老大海鸦开始哭,她流出的眼泪是纯油。汤姆为她很难过,也为自己很难过,因为他已经绞尽了脑汁,不知道再去问谁了。

就在这个时候,来了一大群海燕,他们是嘉莉妈妈自己的小鸟。汤姆觉得,他们比大海鸦女士漂亮;也许他们真的更漂亮,因为嘉莉妈妈发明海燕的时候,比发明大海鸦的时候多了许多许多的新经验。

他们像一大群黑燕子似地飞掠过去,从波峰之间跃过、滑过,小脚在身后举起,姿势那么轻灵优雅;他们还互相轻柔地叫唤着。汤姆立刻就爱上了他们,招呼他们,向他们打听去闪光墙的路。

"闪光墙?你想去闪光墙?那就跟我们走吧,我们给你指路。我们是嘉莉妈妈自己的小鸟,她派我们到大海的各处,给所有的好鸟指明回家的路。"

汤姆高兴极了,他对大海鸦行了个鞠躬礼,然后向他们游去。但是大海鸦并没有还礼,仍然笔直地站着,眼睛里流出纯油的眼泪,唱着:

留下可怜的石头孤零零地;
和一位法啦啦女士。

但是她这一句唱得并不对，因为那块石头并不是孤零零的，在汤姆下一次经过的时候，他会看到一幅值得看的景象。

那时老大海鸦已经过世，但是有更好的事物来取代她的位置。汤姆下一次来的时候，会看到成百的小渔船停泊在那儿。有从苏格兰来的，有从爱尔兰来的；有从奥克尼群岛来的，也有从谢德兰群岛来的。

还有从北部所有的港口来的，船上装满了大海的主人斯堪的纳维亚人的儿子。

那时候，渔夫们将捕捞成千上万的大鳕鱼，直到手酸得拉不起渔网才歇手。他们将制作鳕鱼鱼肝油和鱼肥，腌制咸鱼；将有一条军舰保护他们，一座灯塔给他们指路。

你和我，也许会有一天去孤独石，去赶夏季海上大集市，捕捞人们从来没有见过的海里的动物。

这就是汤姆下一次经过的时候会看到的情景，也许你和我也会看到。那时，我们不必为弄不到一只大海鸦做标本而遗憾。

更不必说，像老斯堪的纳维亚人那样，找到足够多的大海鸦，把他们赶进石头围栏，然后屠宰他们；或者像老英国海盗和老法国海盗常做的那样，沿着木板把他们赶下海，把他们装上满满一舱。老哈克路特①讲述过他们，但是我们要记

---

①哈克路特是英国地理学家和游记作者。

住丁尼生先生①说的话，记住如何：

　　旧秩序改变，让位给新的秩序，
　　上帝通过诸多方式来实现自己。

　　现在，汤姆急着动身到闪光墙去，但是海燕们说不行，他们首先得去大鸟岛。在夏季，所有海鸟都要向北方岛屿上的繁殖地迁徙；在这之前，他们要在大鸟岛进行大聚会。海燕要在那儿等他们，找到要去闪光墙的鸟儿。

　　他们要汤姆保证不说出大鸟岛在哪儿，否则人们会去那儿，用枪打鸟，把他们做成标本，放进愚蠢的博物馆。那样，他们就不能在嘉莉妈妈的水上花园里游戏、繁殖和干活儿了。那儿才是他们应该去的地方。

　　所以，大鸟岛在哪儿，谁也不能让他们知道。在这儿只能说的是，汤姆在那儿等了许多天。他耽搁在途中的时候，见到了一个非常奇异的景象。在海岸上许多兔子洞周围，聚集了成百上千的灰鸦，就是你在剑桥郡见到的那种。他们声音好大，太吵了，汤姆不由得来到岸边，上去看看出了什么事。

　　他发现，那些灰鸦在开大会，他们每年都要在北方开一

---

①丁尼生是英国著名诗人，英国桂冠诗人中最重要的一位。下面作者引用的文字出自丁尼生的诗篇《亚瑟（王）之死》，与原诗略有出入。

次大会。他们的所有政治演说家都在高谈阔论；发言者站在一只旧的绵羊头盖骨上，把它当作讲坛。

他们呱呱地说个不停，吹嘘他们做过的所有聪明事情：啄出过多少只羊羔的眼睛，吃掉过多少头小公牛的尸体，囫囵吞过多少只小松鸡，叼了多少只松鸡蛋飞走。他们用喙尖将松鸡蛋卡住，那是灰鸦特别聪明非凡的一项本领，他们引以为自豪，就像吉普赛人很得意自己胡卢了跑路的本领一样。什么是胡卢了跑路，我不会告诉你。

最后，他们将天底下最漂亮最整洁的那位灰鸦小姐带出来，将她戳放在中央，然后全体开始辱骂她、诽谤她、斥责她、威吓她，因为她没有偷松鸡蛋，而且胆大妄为，说她不愿意偷。所以，根据他们的法律，要让她公开受审（因为在一年一度召开的大议会上，灰鸦们总是要审罪犯的）。她就那样站在中央，穿着黑色长袍，戴着灰色兜帽①，样子很温顺很整洁，像一位贵格会女教徒。其他灰鸦一齐冲着她大声叫骂：

> 她为自己辩护那是枉然，
> 说什么她不喜欢吃松鸡蛋，
> 说什么她不吃那蛋也能活得很好，
> 说什么害怕猎物看守人，所以不敢，

---

①这种鸟儿产于欧洲，头部状如戴着兜帽，原文的意思即"戴兜帽的鸦"。

说什么不忍心，因为松鸡是那么可爱善良快乐的鸟儿，还有一大堆理由，全是扯淡。

汤姆还没来得及过去救她，那些可怕的灰鸦就上去啄她，当时便就地将她处死了。然后他们飞开去，很得意他们的所作所为。

嗳，难道这不是一件可耻的事吗？

但是，这些戴兜帽的，他们是一些真正的共和主义者。他们喜欢怎么干就怎么干，而且强迫别人也那么干。他们的言论、思想和行动都是自由的，其实，这些自由只要有那么一点点，他们就满可以去做新教派的美国公民了。

但是仙女们将那只好灰鸦带走了。她们给她九套新羽毛替换着穿，最后，将她变成了天堂里最美丽的鸟儿，穿一身绿天鹅绒，拖着长长的尾巴。她们派她去香料群岛①吃果子，那儿生长着丁香和肉豆蔻。

"你怎么待人她就怎么待你"夫人跟那些坏灰鸦算了账。你想啊，他们飞走以后看见一只脏兮兮的死狗会怎么样？是的，他们全都上去吃，狼吞虎咽，一边还瞟着别人，呱呱地叫，互相争吵，直吃到心满意足为止。但是片刻之后，他们就将喙甩向空中，发出一声尖叫，然后一个倒栽葱，倒在地上死了。

---

① 印度东北部的马鲁古群岛的别称。

一百二十三只灰鸦同时一命归西。原来呀，老仙女托梦给猎物看守人，叫他给死狗肚子里塞满马钱子碱，他照办了。

不一会儿，海鸟们开始向岛上聚集了，黑压压一片，成千上万，遮天蔽日：天鹅和黑雁、丑鸭和绒鸭、苍鹭和白眉鸭，秋沙鸭和斑头秋沙鸭、潜水鸟和阿比鸟、鹛鹛和短嘴小海鸟、海雀和剃刀嘴鸟、塘鹅和海燕、贼鸥和燕鸥，还有各种各样叫不出名字、多得数不清的海鸥。

这些海鸟划着水、洗着、溅起水花，在沙子上梳头、刷身体，最后海岸上白花花一片全是羽毛；

他们嘎嘎嘎嘎、咯咯咯咯、咕咕咕咕、啾啾啾啾、吱吱吱吱、哇哇哇哇地说个没完，和朋友聊天，谈自己夏天去哪儿，在哪儿生孩子等等，一大片声音热闹得十里路以外也听得见。幸运的是，除了那个猎物看守人，没有人听见。老人独自一人住在这海岬上，他的茅屋屋顶上铺的是欧石南枝叶，四周围了一圈大石头，石头绷伴绳子压着屋顶，以免冬天的狂风把小屋一下子刮走。但是，他不在意鸟儿，也不伤害他们，因为现在还不是捕猎他们的季节。其实，天底下他只在意两样东西，那就是他的圣经和他的松鸡，因为他是个善良的苏格兰老人，冬天的夜晚总是编织袜子，只在所有的鸟儿要离去的时候，蹒跚着从屋里走出来，脱下帽子挥动着向他们致意，祝他们旅途愉快，平安回来。然后，他将鸟儿们留下的所有羽毛收集起来，清洗干净，拿到南方去，卖给人家做成羽毛褥垫,给古板的人去用。

海燕问这个、问那个,有没有谁带汤姆去闪光墙。但是这个准备去索色兰岛①,那个打算去谢德兰群岛②,另一个要去挪威,下一个计划去斯皮兹伯根群岛③,再有一个去冰岛,还有一个的目的地是格陵兰岛,就是没有谁去闪光墙。

于是,好脾气的海燕对汤姆说,他们自己带他一段路,但是只能带到央棉岛④,剩下的路只好他自己去漂了。

这时,所有的鸟儿都飞起来,排成长长的、黑压压的队伍,向北、向东北、向西北,穿过夏日明亮的蓝天,开始了长途跋涉。他们的叫声就像一万群猎狗和一万组编钟。

只有海鹦留在后面,他们杀死小野兔,把蛋下在小野兔的洞穴里。当然,这种行为很野蛮,但是,人们不妨回过头来看看自己又怎么样。

当汤姆和海燕们向东北方向前进的时候,开始刮起了大风。原来,有个穿着灰色大衣的老绅士在墨西哥湾照看大铜水壶,他的工作落后了,嘉莉妈妈送了个电讯给他,跟他要更多的蒸气。

现在蒸气来了,一个小时就来了原本一个礼拜才来的蒸

---

① 索色兰岛:苏格兰最西北端的一个县。
② 谢德兰群岛:位于苏格兰北部。
③ 斯皮兹伯根群岛:北冰洋里的一组群岛。
④ 央棉岛:北冰洋中的一个岛,位于格陵兰岛以东三百英里。

气。噗噗噗、呼呼呼、嗖嗖嗖、飒飒飒地刮来，搅得你弄不清天在哪儿结束，海从哪儿开始。

但是汤姆和海燕一点也不在乎，因为吹的是顺风呀；他们从越过巨浪的峰顶上掠过，像许多飞鱼在欢快地飞行。

最后，他们见到了一幕难看的景象：一条巨轮的黑色船舷，浸在海水的浪槽里。

她的烟囱和桅杆倾覆在水中，在她避风的那一面的下面摇晃着，随波起伏；她的甲板被冲刷得什么也没有了，就像扫过的谷仓地板一样干净，船上已经没有任何活的东西。

海燕飞到船那儿，绕着她飞，哀哭着，因为他们心中真的非常难过。同时，他们也想找到一些腌猪肉。汤姆爬到船上，四处张望着，非常害怕，非常伤心。

那儿，在舷墙下面紧紧绑着的儿童吊床上，躺着一个熟睡的婴儿。汤姆立刻就认出来了，他见过那婴儿，正是前些天唱歌的夫人怀里抱着的那个。

汤姆走过去，想弄醒他，但是，瞧，从吊床下面，窜出一条黑褐色的小狗，向汤姆吠叫着、冲过来咬他，不让他碰吊床。

汤姆知道，狗的牙齿伤不到他，但是狗至少可以把他推开，他来赶走它。汤姆和狗撕打着，他想帮那婴儿，但又不想把可怜的狗扔到海里。

正在他们相持不下的时候，一个绿色的大海浪打来，越过船迎风的一面，扑过来，把他们全都卷进了大海。

"哦,那孩子,那孩子!"汤姆尖叫着,但是接着,他就不叫了。因为,他看见那吊床在绿色的海水中稳稳地下沉着,婴儿在上面依旧睡着,脸上露着笑容。

他看见,仙女们从海水下面上来,用柔软的胳膊托着婴儿和摇篮,把他们接下去。这时,他知道,一切都平安无事了,在圣布伦丹岛,又会有一个新的水孩子。

那条可怜的小狗呢?

嗯,他被水呛了一下,咳了几声,很厉害地打喷嚏,把自己的皮都打掉了下来,变成了一条水狗。他跳过来,围着汤姆跳舞,在波浪的浪峰上奔跑,咬海蜇和鲭鱼。在汤姆去世外奇境的路上,他一路跟着。

他们重新上路了。最后,他们终于远远地看见了扬马延岛的山峰①,它像一块雪白的塔糖一样耸立着,高出云层两英里。

他们在岛跟前遇上了一大群莫莉鸟②,那些莫莉鸟正在啄食一条死鲸鱼。

"下面让这些家伙给你带路,"嘉莉妈妈自己的小鸟说,"我们不能再带你向北了,我们不喜欢到浮冰群中间去,怕它们会冻坏我们的脚趾头。但是,这些莫莉鸟什么地方都敢飞过去。"

---

① 扬马延岛:位于北冰洋的格陵兰海。
② 莫莉鸟:一种大海燕。

说完，海燕就呼喊那些莫莉鸟，但是他们正忙着呢，围着鲸鱼的肥肉，有的在狼吞虎咽，有的在一旁窥视，他们气急败坏地对骂，贪得无厌地争抢，对海燕丝毫不予理会。

"过来，过来，"海燕说，"你们这些又懒又馋的傻大个儿。这位年轻的先生要去嘉莉妈妈那儿，如果你们不照顾他的话，嘉莉妈妈就不会释放你们，你们知道的。"

"我们是馋，"一只很大很胖的老莫莉鸟说，"可是并不懒。至于说傻大个儿呢，你们比我们也好不了多少。我们来看看这个小伙子。"

他拍着翅膀径直飞到汤姆面前，用最厚颜无耻的方式盯着他看（捕鲸人都知道，莫莉鸟都是些厚脸皮的家伙。）

然后，他问汤姆打哪儿来，最近见过什么陆地。

汤姆回答了他，他听了似乎很高兴，说他路远迢迢来到这儿，真是个有胆量的家伙。

"来吧，伙计们，"他对其余的莫莉鸟说，"看在嘉莉妈妈的面上，把这个小家伙抛到浮冰那一边去。今天我们已经吃了够多的肥肉，稍微花些时间帮帮这个伙计也没啥。"

于是，这些莫莉鸟把汤姆背起来，笑着、闹着，飞了起来。他们身上一股子火车油的味儿！

"你们是谁，你们这些快活的鸟儿？"汤姆问。

"我们是当年老格陵兰岛的船长的灵魂，每个水手都知道我们的大名。几百年前我们在这儿捕鱼，捕露脊鲸和马头鲸。

但是因为我们莽撞而贪婪，我们被变成了莫莉鸟，一辈子吃死鲸鱼肉。

"但我们并不是傻大个儿，就是现在我们也能驾船跟北方的任何水手比个高低。但我们对这些玩新花样的蒸汽轮船并不欣赏。海燕那样称呼我们真是不像话，那些黑色的小魔鬼；他们仗着自己是夫人的宠儿，就随便骂人。"

"你是谁呢？"汤姆问，他看出来答话的那只鸟是所有莫莉鸟的王。

"我名叫亨德利克·哈得逊，曾经是个挺不错的船长；虽然我做了那么多错事，我的名字将与世长存。因为我发现了哈得逊河，命名了哈得逊湾。许多不敢给我指路的人，跟随我的航迹随后而来。但是，在我春风得意的时候，我是个冷酷无情的人，这是事实。我从缅因州的海岸上偷走可怜的印第安人，运到弗吉尼亚州将他们卖为奴隶。到最后我对自己的水手们太过残忍了，就在这一片海域，他们把我放在一只敞舱船上，让我随风浪飘去，从此后再也没有人听到我的音讯。到头来，我成了所有莫莉鸟的王，要等到期限满才能解脱。"

这时，他们已经到了浮冰的边缘。透过雾气、雪花和风暴，已经可以看见浮冰那一边闪光墙那巨大的幽影。

但是，那些巨人般的冰块在搏斗着、怒吼着、挤压着、撞击着、互相碾成齑粉。汤姆不敢到当中去冒险，否则，他也会被碾成齑粉。

再仔细一看,他更害怕了。他看见,在那些冰块中间,漂着许多巨轮的残骸:有些船上桅杆和帆桁还竖在那儿,有些船上水手牢牢地被冻在甲板上。啊,啊,他们真令人感慨!

他们都是热血男儿,为了寻找那扇至今也没有打开的白色大门,像善良的漂游骑士一样从容就义。

善良的莫莉鸟们把汤姆和他的小狗背起来,带着他们平平安安地飞过浮冰,飞过那些怒吼着的冰巨人,把他们放在闪光墙的脚下。

"门在哪儿?"汤姆问。

"没有门。"莫莉鸟们说。

"没有门?"

"没有,连一条缝也没有,整个墙的秘密就在这儿。小伙子,那些比你强的家伙吃尽了苦头,也是一无所获。如果有门的话,他们早就进去,把墙里边的大海上游着的好鲸鱼全杀光了。"

"那我怎么办?"

"如果你有胆量的话,当然可以从浮冰下面潜水过去。"

"我大老远来到这儿,现在哪里有回头的道理,"汤姆说,"现在我就一头栽下去。"

"祝你一路交好运,伙计,"莫莉鸟们说,"我们知道你是个好样儿的。再见。"

"你们为什么不一起去?"汤姆问。

莫莉鸟们哀叫着:"我们还不能去,我们还不能去。"

他们飞回浮冰那一边去了。

汤姆潜下水去,潜到那扇从未打开的白色大门的下面,在黑暗中前进;在海底,行了七天七夜。但是他一点也不害怕,他怎么会害怕呢?他是个勇敢的小伙子,他的志向就是出去看看整个世界。

最后他见到光亮了。头顶上是无比、无比清澈的水。他从一千噚深的海底升上来,脑袋周围飘荡着海蛾形成的云。

有粉红色脑袋、粉红色翅膀、火红色身体,慢慢地拍动翅膀的海蛾;有棕色翅膀、很快地拍动翅膀的海蛾;还有黄色的海虾,跳过来,蹦过去,速度比谁都快;还有各种颜色的海蜇,不跳也不蹦,只是在那儿闲荡着、打着哈欠,不肯给汤姆让路。

小狗对着他们一个劲儿地乱咬,咬得嘴巴累了才住口。但汤姆对他们却一点也不在意,他急着要到水面上去,去看看好鲸鱼的水池。

这是一个巨大的水池,方圆有许多英里。但这里的空气太清澈了,对面的冰山峭壁好像近在眼前似的。

环绕水池的都是高高耸立的冰山峭壁,上面装点着冰墙、尖塔、城垛、山洞、拱桥、楼宇和长廊,那是冰山仙女所住的地方。她们在那儿驱赶风暴和乌云,让嘉莉妈妈的水池一年到头都保持安静。

太阳充当警察,每天都出来巡视,从冰墙的顶端察看一切是否正常；他偶尔也变几个魔术戏法，放一些烟花爆竹，让仙女们高兴高兴。

有时，他还会一下子变出四五个太阳，或者用白火在天幕上画一些圆环、十字和月牙，自己站在中间，向仙女们眨眼睛，我敢说，她们肯定很开心，因为这个国度里的一切都令人愉快。

在水池里，在静谧的、像油一样的海面上，躺着好鲸鱼。他们是一些幸福的、睡意蒙眬的巨兽。你要知道，这些都是脾气好的鲸鱼，有脊鳍鲸、剃刀鲸、槌鲸，还有身上有斑点的、长着乳白色长角的海中独角兽。

但是抹香鲸这种家伙喜欢暴跳如雷、横冲直撞、狂吼乱叫，如果嘉莉妈妈让他们进来，和平池就再也没有和平了。所以，她把他们单独关在南极的一个大水池里。那个水池在艾里伯斯山①东南二百六十三英里，艾里伯斯山是冰雪世界中的大火山。在那个水池里，他们日日夜夜一年到头都在用他们的丑鼻子互相撞。

这个水池里只有好的、安静的动物。他们躺在那儿，就像单桅小帆船的黑色船体，不时地喷出白色的蒸气；或者张着巨大的嘴巴，像船一样航来航去，让海蛾游到他们的喉咙下面去。这儿没有长尾鲨用尾巴鞭打他们可怜的衰老的脊背，

---

①艾里伯斯山：南极大陆上的一座大火山。

没有箭鱼戳他们的肚子,没有锯鳐将他们撕成碎片,没有冰鲨鱼从他们的侧腹咬去一块一块的肉,也没有捕鲸人拿鱼叉或捕鲸矛扎他们。

在这儿,他们十分安全、十分幸福,他们所要做的唯一事情就是:静静地在和平池里等着,等待嘉莉妈妈召唤他们去,把他们从旧动物变成新动物。

汤姆游向离他最近的一条鲸鱼,向他打听去嘉莉妈妈的路。

"中间坐着的就是她。"鲸鱼说。

汤姆张望着,但是水池中央除了一座矗立的冰山以外,他什么也没有看到。他就这样对鲸鱼说了。

"那座山就是嘉莉妈妈,"鲸鱼说,"你到她跟前去就会看清楚的。她坐在那儿,一年到头都在把旧动物变成新动物。"

"她是怎么变的呢?"

"那是她的事,我就不知道了。"老鲸鱼说。

说着,他张开大嘴打了个哈欠。他的嘴太大了,嘴里一下子就游进了九百四十三只海蛾,一万三千八百四十六只针头那么大的海蜇,九码长的一串锤囊虫和四十三只小冰蟹。

那些小冰蟹一个个互相夹了一下作为道别,把小腿缩在肚子下面,决定像裘利斯·恺撒[①]一样,死得体面一些。

"我猜,"汤姆说,"她大概是把你这样的大鲸鱼切割成整

---

① 裘利斯·恺撒:古罗马第一个皇帝,即恺撒大帝。

整一大群海豚吧?"

鲸鱼听了忍不住大笑,把所有动物都咳了出来。这一下,他们免遭了一场葬身鲸鱼巨腹的噩运,感到非常庆幸,赶快游走了。

汤姆好奇地向冰山游去。

他到冰山前抬头一看,冰山已经变成一位老夫人,他从来没有见过这样庄严的一位夫人。她像白色大理石一样,坐在白色大理石宝座上。从宝座脚下,新生的动物不断地、不断地游出来,游向大海。他们千姿百态、五光十色,是人类做梦也想象不到的。

他们是嘉莉妈妈的孩子,是她整天不断地用海水造出来的。

当然,人长大了就应该懂得更多,所以,汤姆本来以为,一定会看到她在裁剪、打洞、配制、缝纫、修补、码线、锉、设计、敲、转、打磨、上模子、测量、凿、修剪等等,就像人们动工制造产品时那种样子。

但是,一点点这种迹象也没有。她只是坐在那儿,手托着下巴,两只大大的、深沉的、像海水一样蓝的蓝眼睛俯视着大海。

她的头发像雪一样白,因为她已经非常、非常老了,事实上,和你可能碰上的任何最老的事物一样老,只有对与错之间的差别的存在比她更加古老。

当她看见汤姆的时候,她用非常仁慈的目光看着他。

"你想要什么,我的小小伙子?我在这儿已经很久没有看到水孩子了。"

汤姆对她说了自己的使命,向她询问去世外奇境的路。

"你自己应该知道,因为你已经到过那儿。"

"我去过吗,夫人?可是,我想我一定全忘记了。"汤姆说。

"那就看着我。"

汤姆看着她的大大的蓝眼睛,立刻就清清楚楚地记起了那条路。

难道这不是很奇怪吗?

"谢谢你,夫人,"汤姆说,"那我就不麻烦你了,太太。我听说你很忙?"

"我从来没有现在这样忙过。"她说,连指头也不动一动。

"我听说,夫人,你一直在用旧动物制造新动物。"

"那是人们的猜想。其实我并不会找麻烦自己动手去造,我的小宝贝。我只是坐在这儿,让他们自己造自己。"

"你真是个聪明的仙女。"汤姆心想。他的想法十分正确。

这是善良的老嘉莉妈妈的一个最非凡、最了不起的法术。偶尔有几次,她在傲慢无礼的人身上使用过这种法术。

例如,有一次,有一个仙女很聪明,发明了制造蝴蝶的方法。我说的不是假蝴蝶,而是真的活蝴蝶,会飞、会吃东西、会产卵、会做一只蝴蝶应该会的一切事情。

她对自己的技术感到非常骄傲,径直飞到北极去,向嘉莉妈妈夸耀自己如何会制造蝴蝶。

但是嘉莉妈妈只是笑笑。

"要知道，傻孩子，"她说，"任何人只要肯下足够的功夫、花足够的时间、不怕麻烦，都能制造出东西来。但是，并不是任何人都能像我一样，让他们自己制造自己。"

人们并不相信嘉莉妈妈有这么聪明，如果不做一次去世外奇境的旅行，他们是永远也不会相信的。

"那么，我的可爱的小小伙子，"嘉莉妈妈说，"你有把握，自己真的知道去世外奇境的路吗？"

汤姆想了一下，瞧，他又彻底忘记了。

"那是因为你的目光离开了我。"

"那我怎么办，夫人？如果我走了，我就不能一直盯着你看了。"

"你必须不依靠我也找得到路。大部分人，九万九千九百世都是只有这样做的。你看着那条狗吧，他对那条路知道得非常清楚，而且永远不会忘记。

"另外，你在那儿会遇到一些脾气很古怪的人，如果你没有我给的这张护照，他们是不会放你过去的。这张护照你要挂在脖子上，好好当心它。而且，当然，因为狗总是跟在你后面走的，所以，你一路上都得倒着走。"

"倒着走！"汤姆嚷道，"那我就看不见路了。"

"相反，如果你朝前看，前面的路你一步也看不到，一定会走错路;你要看着身后,仔细观察你经过的一切事物,特别是眼睛要盯着狗,他是凭着直觉走的,永远不会错;那样,对于下面的路你就会一清二楚,就像用望远镜观察一样。"

汤姆非常惊奇,但是他听从了她;因为,他已经学会了永远相信仙女说的话。

"就是这样,亲爱的孩子,"嘉莉妈妈说,"我讲一个故事给你听,你听了就知道,我这样说是完全正确的,用讲故事来说明道理是我的习惯。

"从前,有两个兄弟。一个叫普罗米修斯①,他叫这个名字是因为他总是向前看,吹嘘说他先知先觉。另一个叫埃庇米修斯②,他叫这个名字是因为他总是向后看,从来不吹嘘什么,只是很谦虚地说,他能很快地后知后觉。

"嗯,当然,普罗米修斯是一个非常聪明的家伙,他发明了各种美妙的动物。但不幸的是,派这些动物去工作的时候,工作正是他们不愿做的事情。所以,他们几乎没有什么用场。他们中几乎没有哪一种留传下来,也没有留下什么痕迹。现在,除了几个做考古的老先生,谁也不知道他们是什么。那几个

---

①普罗米修斯:希腊神话中的巨人,他从神那儿盗来火种,造福人类,受到众神之主宙斯的残酷惩罚,但不屈不挠。
②埃庇米修斯:普罗米修斯的兄弟。他不听普罗米修斯的劝阻,接受神创造的美女潘多拉为妻,因此给人类带来了灾祸。危害人类的各种疾病正是潘多拉从盒子里放出来的。对这个神话的叙述各有差异,本书作者金斯莱的说法与神话教科书上的一般说法稍有不同。

考古学家在天涯海角挖掘，什么也没有发现，只找到了乌犸、拉猛，鲁狌和须狉①。

"当然，埃庇米修斯是一个非常迟钝的家伙，他跟着大家去找一块泥巴、一个皮手筒、一个慢性子的人，等等。许多年里，他只做了极少的事，但他做过的事他从来不用再返工。

"结果怎么样呢？有一天，两兄弟面前来了一个美丽的造物，这么美丽的女人是人们从未见过的。她的名字叫潘多拉，这名字的意思是'神所赐的所有礼物'。

"这女人带着一个奇怪的盒子，一向对要发生的事情先知先觉的普罗米修斯看到了，就不愿意理睬潘多拉和她的盒子。

"埃庇米修斯接受了她，也接受了盒子，准备接受一切后果，不管将来好坏和她结了婚。

"他们把盒子放在两人中间，把它打开，想看看里面是什么。因为，除此以外，这个盒子对他们还可能有什么用途呢？

"从盒子里飞出来的是一切的疾病，它们侵入了人的肉体。还有一切有四大鬼怪附身的孩子，那四大鬼怪是任性、无知、恐惧和肮脏。例如：

麻疹	饥荒
僧侣	庸医
猩红热	未付的账单

---

①原文都是生造的拉丁文名，以生造的中文词译之。

假神	紧身胸衣
百日咳	马铃薯
教皇	劣质酒
战争	独裁者
和平贩子	蛊惑人心的政客

更糟糕的是,还有淘气的小男孩和小姑娘。

"但是,在盒子底里还留下了一样东西,那就是希望。

"这样一来,就像这个世界上的大多数人一样,埃庇米修斯遇上大麻烦了。但是,另外他也得到了世界上三样最好的东西:好妻子、经验和希望。

"而普罗米修斯遇上的麻烦并不比他少,你会看到,他自己还制造了更多的麻烦,而他什么也没有得到;他只是从自己的脑子里织出了幻想,就像蜘蛛从肚子里织出蜘蛛网一样。

"普罗米修斯一直看他前面很远的地方。他有一个火柴盒,那是他发明的唯一有用的东西。它有多大用处,就有多大害处。

"当他带着这个盒子到处跑的时候,他踩着了自己的鼻子,摔倒了;这样一来,他就把泰晤士河烧着了①,这火人们到现在还没有扑灭。

"所以,神只好用铁链子把他锁在山上;一只兀鹰看守着

---

① "把泰晤士河烧着了":这本是一个花哨的说法,意思是"做了一件非同寻常的事"。这里作者借用了字面上的意思。

他,只要他一动,鹰就去啄他。除非他用自己的预言和理论把整个世界翻个个儿,他是休想逃脱了。

"在妻子潘多拉的帮助下,愚笨的老埃庇米修斯继续刻苦工作,他总是看看后面发生过什么事,最后,他不时真的能知道下面会发生什么了。

"他懂得了自己的利益所在,懂得了观望形势后再作决策,开始制造会派用场的东西,并且继续不断地工作:

"耕种土地,给土地排水,发明创造纺织机、轮船、铁路、蒸气犁、电报和其他一切你在大型展览会上看到的东西,预报饥荒、坏天气和公债价格。

"最后,他变得像犹太人一样富有,像农场主一样肥胖,人们要干涉他必须三思而行,要求他帮助却尽管开口、不用费脑筋。因为他善于挣钱,也善于花钱。

"他的孩子成了科学家,在世界上得到了稳定持久的好工作;而普罗米修斯的孩子却成了理论家,成了惹人厌烦的人,成了吵吵嚷嚷、夸夸其谈的人,他们去告诉愚蠢的人们会发生什么事,而不是看看已经发生了什么事。"

嘉莉妈妈的这个故事难道不是很有趣吗?我很快乐地说,汤姆对这个故事的每一个字都相信。

因为,在汤姆身上也发生了这样的事。

小狗跟在他脚跟后面,或者不如说在他脚趾头前面,因为他不得不倒着走。这样,小狗朝什么路上走他可以看得很清楚；但是，倒着走总是比顺着走慢得多。所以，他非常刻苦努力。不过，更让人感到辛苦的是，他刚从和平池出来，所有行妖术者、算命师、占星家、预言家、规划师、预估者，就向他奔跑过来，那一片地方有多少就来了多少（那种人天底下到处都多如过江之鲫）。骑着扫帚的希普老大妈，加上梅林、蹩脚诗人托马斯、杰布图斯、拉巴努斯·毛鲁斯、诺查丹玛斯、萨基尔、拉斐尔、摩尔、老尼克森①，还有许许多多穿黑外套系白领结，考虑到他们出生的时代本来可以更有名的人。他们全都冲汤姆嚷嚷和尖叫着："看着前面，只看着前面。我们将显示给你看人们从未见过的事情，从眼下到世界末日！"

我骄傲地说，汤姆尽管没有在剑桥读过书（如果他在剑桥上学，他肯定会得数学学位考试第一名），但他是个顽强、坚毅、不屈不挠、率直、勇猛的小男孩。

从和平池去世外奇境的一路上，他的头一次也没有转过去，而是眼睛一直盯着小狗，只凭他辨别气味寻找道路：他们不论季节冷热，不管道路曲直，不问气候干湿，上高山下溪谷，只管按着应该走的路一路走去。

所以，他一次也没有走错，而且看到了到今天为止凡人连想也想不到的奇妙事情，把那些事讲给你听是我在下一章里的任务。

---

①其中梅林、诺查丹玛斯和萨基尔是比较有名的预言家。

第八章

尾 声

过来,你们这些孩子!
我听见你们在玩耍;
使我困惑的那些问题
已经都烟消云散啦。

你们打开了东方的窗户,
它们朝着太阳的方向,
那儿思想是唱歌的燕子,
晨之溪流奔跑流淌。

你们无忧无虑,喜笑颜开,
我们所有的设计,

书中所有的智慧，

相比之下何足道来？

你们胜过有史以来

人们吟唱过的所有歌谣；

因为你们是活的诗歌，

其余都是死的曲调。

——朗费罗

在去世外奇境的路上，汤姆见到了许多奇妙的事情。现在要对这些事情的第九百九十九部分进行描述了。

这些内容要求所有的好小孩都读一读。他们很可能也会去世外奇境，所以先了解一下情况很有必要，如果有朝一日他们真的去了那儿，就不至于一会儿忍不住放声大笑，一会儿吓得想逃走；就不至于做出什么愚蠢、不文雅的事情，冒犯"你怎么待人她就怎么待你"夫人。

汤姆一离开和平池，就来到了伟大的海洋母亲的白色裙兜里。它有一万英寻深，在这儿，她一天到晚不停手地制造世界的熔浆；让蒸汽巨人们去搓捏，让火焰巨人去烘烤，做成面包和饼；最后它们就升上来，变硬；面包变成山，饼变成岛。

汤姆差一点被熔在世界的溶浆里搓捏，变成水孩子化石。

要是那样的话，几十万年后，一定会让新西兰地质学会大吃一惊的。

当时，他正踏着柔软的白色海底，在寂静的大海的曙光中走着，突然，传来一阵咝咝咝、呼呼呼、砰砰砰、哗哗哗的声音，就像全世界的引擎同时发动了一样。

他走近那种声音时，海水变得滚烫，这一丁点也没有伤着汤姆；问题是，海水变得很污浊，像粥一样黏。他不断地被死海贝、死鱼、死鲨鱼、死海豹和死鲸鱼绊倒，那些动物都是被热水烫死的。

最后，他撞上了一条大海蛇。他是死的，躺在海底。他的身体非常粗，汤姆爬不过去，只好多走了四分之三多英里路，绕过去。这样一来，他离开自己的路线很厉害了。

当他回到原来的路线上时，来到了一个叫"止步"的地方。他就在那儿止住了脚步。

这真是非常及时。因为，他所站的地方，是海底一个大洞的边缘。从洞中呼呼地向上喷着水蒸气，它们足以同时发动世界上所有的引擎。

这些水蒸气非常清澈，真的非常清澈，连海底都在瞬间变得明亮起来。向上看，汤姆的目光几乎可以到达海面；向下看，那个洞到底有多深，谁也不知道。

他刚刚弯下腰，从洞边伸着头向洞里看，鼻子就被里面喷出来的卵石狠狠地打了一下，他连蹦带跳地缩了回去。

原来呀，水蒸气向上喷时，把洞壁冲坏了，把它们卷上来，在海水中形成了一个泥浆、砂石和灰烬一同喷射的壮观景象。

它们喷上来以后，向四周弥漫开来，然后又沉落下去，很快就把死鱼盖住了。汤姆站在那儿还不到五分钟，沙泥就已经埋到了他的脚踝，他真害怕自己会被活埋。

也许他真的会被活埋，他正想到这个，脚下的那块地方就整个地被从海底扯掉，掀了起来；汤姆被弹上去，钻过海水，升了一英里高；当时，他真不知道下面会遇上什么事。

他终于停了下来：砰！他发觉自己紧紧地缠在一些腿中间了，它们是一个海怪的腿，他从来没有见过这样的怪物。

我不知道它有多少翅膀，它们像风车叶子一样大，像风车叶子一样张开成一个圆。凭着这些翅膀，它在冲上来的蒸汽上翱翔着，就像喷泉上的一只翻滚的球一样。

每一个翅膀下面，都长着一条腿；每一条腿的尖端，都长着一只像梳子一样的爪子；每一只爪子的根上都长着一只鼻孔。中间没有肚子，只有一只独眼。至于嘴巴，它的许多嘴全长在一边。

嗯，它真是一个奇怪的动物。不过，比起你可能见到的动物，它也奇怪不到哪儿去。

"你想干什么，"它十分不高兴地说，"干吗挡我的路？"

它想甩掉汤姆，但是汤姆觉得还是这样安全些，就紧紧地抓住它的爪子，不肯松手。

汤姆告诉它自己是谁，带着什么使命。

那怪物眨了眨它的独眼，以轻蔑的口吻说："我年纪并不小了，你的鬼话休想骗过我。你是冲着金子来的，我知道。"

"金子？金子是什么？"

汤姆确实不明白，但那多疑的老怪物怎么会相信。

过了一会儿，汤姆有些开始明白了。蒸汽从洞里喷上来时，那怪物就用它的许多鼻子去嗅，闻闻看属于什么品种；接着用它的许多像梳子一样的爪子去梳理和分类。蒸汽通过分门别类以后，冲上去碰到它的许多翅膀，就变成金属，像大雨一样落下来。

一只翅膀上落下来的是金雨，第二只落下来的是银雨，另一只落下来的是铜雨，再一只落下来的是锡雨，还有一只落下来的是铅雨，等等。这些金属雨落下来以后就沉入软泥里面，变成矿脉和分馏物，凝固下来。这就是岩石中间有许多金属的原因。

突然，有谁在下面把蒸汽给关掉了。一刹那间，洞里变得空空荡荡。

水很快就倒灌进洞里，形成一个很急的旋涡，弄得那怪物在上面团团打转，快得就像一只陀螺一样。但是对于他来说，这是家常便饭，就像骑马纵狗打猎哪有不摔跤的一样。

他就像什么事也没发生一样，只是对汤姆说："年轻人，现在是时候了；如果你真心想下去的话，就下去吧，我才不信你会动真格。"

"你很快就会看到的。"汤姆说。

说完,他就纵身跳了下去,像德国军人和冒险家巴隆曼·乔森一样勇敢;他随着那道洪流像箭一样射下去,就像波里索戴尔瀑布①里的一条鲑鱼。

到达洞底以后,他游啊游啊,最后,终于平平安安地被冲到了世外奇境的岸边。就像大多数人那样,他惊奇地发现,事情并不像自己原先总以为的那样,这个世外奇境和我们的大千世界倒是很像。

他经过的第一个地方是废纸国。此地成堆成堆地都是无聊的书,满山遍野,就像冬天树林里遍地的落叶一样。他看见人们在里面挖呀,掘呀,拱呀,从坏书中编出更坏的书来。

他们打的是谷糠,留下来的却是灰尘。奇怪的是,他们的生意却做得红红火火,在孩子们中间特别有市场。

然后,他到了污水海。他沿着海边走,来到胡乱饭菜山和糖果糕点地。此地的地面黏糊糊的,因为是用坏奶糖做的,当然不是爱弗顿太妃糖。

地上到处都是深深的裂缝和洞穴,里面全是风吹落的烂果子、生的醋栗、黑刺李、酸苹果、荆豆浆果、蔷薇果、野山楂等等一切有害的东西。这些东西孩子们只要弄得到手,

---

① 位于爱尔兰北部,临近大海。

就会吃下去的。

那个国家的仙女们只要一看到它们,就尽快地把它们藏起来,不让孩子们看见;她们的工作非常辛苦,但却没有什么效果。仙女们藏旧渣滓有多快,那些愚蠢邪恶的人造新渣滓就有多快。

他们在那些东西上涂满石灰和有毒的颜料,而且竟然到科学老夫人的大书里偷来配方,根据它们发明出给孩子吃的有毒的食物,在集市和糖果店出售。

很好,让他们干吧。现在时候还没到,时候一到,举着白杨木杖的仙女就会把他们全捉住,逼着他们从店里的这一头吃到那一头,全部吃下去;那时,他们就会肚子疼了,这是医治他们毒害小孩子的毛病的好办法。

然后,他看见了世界上的所有小人。他们在写世界上所有的小书,书里写的是世界上其他所有小人的事,也许是因为他们那儿没有大人可以写。

书名不是《吱吱叫》,就是《抽水机里的驳船》,或者就是《狭小、狭小的世界》,要不就是《唠叨个没完的小山包》,再不然就是《孩子们的废话日》……总之就是这一类的名字。

这个世界里的其他小人就读这些书,把自己想得和总统一样了不起;也许他们是对的,因为自己的事情自己最清楚。但是汤姆却不以为然,他情愿看一本写巨人杀手杰克,或者写美女和野兽的好童话,从那种书里他可以学到一些自己不知道的东西。

然后，他来到了发明中心。当地人叫它哈博，它位于北纬42.21度，东经108.56度。在那儿，他发现所有聪明人都在用鬼魂沟通法的科学指导人类，而他们的头顶上，他们的房子在燃烧。汤姆告诉他们着火了，他们却立刻开了一个愤慨会议，决定吊死汤姆的狗，惩罚他嘴里携带着火药进入他们的国家。汤姆忍不住说道，虽然他们异想天开，自认为两百年前离开林肯郡时随身带走了林肯郡所有的智慧，但是，假如他们中间哪怕有一位善良的老亚伯勒勋爵那样的林肯郡贵族，也会先叫救火车，而不是先吊死别人的狗。但是汤姆白费唇舌，狗被吊死了。汤姆连狗的尸体也没能要回来，因为那个国家废除了归还尸体法令，生怕流氓恶棍退出以后，正人君子会不请自来。他们本来会像以往一样，就此大功告成，只不过也像以往一样，他们败在了一个小细节上，也就是说，小狗是一条水狗，是不会死的。他穷凶极恶地咬他们的手指，他们只好放开他；汤姆也被放了，因为他是英国臣民。然后，他们重新开始与他们祖先的灵魂进行沟通。那些可怜的老鬼魂来到后非常吃惊，他们根据"你怎么待人她就怎么待你"夫人的律法，看出来他们的子孙因为生活艰苦，体质已经削弱。

然后，他来到了普鲁普拉格莫辛岛。有些人叫它无赖岛，这样叫是错的，因为那地方是在布拉姆希尔灌木林的中央，并且，很久以前郡里的警察就已经对它进行了清剿。

岛上每个人都对别人的事情比对自己的事情更清楚。而且，所有居民都依据职权，待在"人类议会和世界同盟"房子的外边，扭歪了嘴，叫嚷仙女的葡萄是酸的。考虑到这一点，就可以想象到，那是一块非常嘈杂的地方。

在岛上，汤姆看见犁拉马，钉子敲锤子，鸟巢掏孩子，书写作者，公牛开瓷器店，猴子给猫刮胡子，死狗训练活狮子，眼盲的旅长做大学校长没有事干，戏剧演员作为受欢迎的传教士忙不过来，等等。简短地说，大家都做自己不会的事；因为，在自己会做的事情，或者假装会做的事情上，他们都失败了。

岛上矗立着"伟大的不成功"伟人祠，从通天塔的建筑师到特拉法尔加喷泉的建筑师，都供在里面。政治家们在里面讲授本来应该已经取得进展的宪法；阴谋家们在里面讨论本来应该已经取得成功的革命；经济学家们在里面讲解本来应该已经给人人带来财富的计划；设计师们在里面介绍本来应该已经变成非凡成就的发现；（在适当的时候）总统们在里面讲演本应已完成再联合的联盟；国务大臣们在里面讲述本应已经像硬通货问题一样得到解决的美钞问题；鞋匠在里面教授外科整形术（且不管那是什么术），因为他们的鞋子卖不出去；诗人在里面教授美学（且不管那是什么学），因为他们的诗没人买；哲学家们论证，英国只要再变成天主教国家，就会成为全世界最自由最富有的国度；低级文人漫骂《泰晤士报》,只因为他们才智不够,自己的文章登不上去;年轻女士们走来走去,戴着装有查理一世头发(或者另外某个人的头发,当犹太人的真品库存耗尽时)的盒式小坠子,上面刻着一行简洁而恰当的文字。其实,那一行文字已经流行全岛,我希望,在适当的时候,你学会翻译它,同时也仔细思考一下:Victrix causa diis placuit, sed victa puellis.①

汤姆来到镇子中央的时候,他们立刻都围了上来,给他指路,或者不如说指出他不认识路;在指教他之前,他们至少应该先问一问他想去哪儿吧;可是对于这个,他们才不管呢。

一个拉他走这边,

另一个拽他去那边,

第三个嚷道:"千万不能向西走,我告诉你,向西走你就完了。"

"你瞧,我并没有向西走呀。"汤姆说。

另一个就说:"东在这边呢,亲爱的,我向你保证,这边是东。"

"我也不想去东边。"汤姆说。

"好哇,那么,无论如何,不管你走哪条路,你都是错的。"他们齐声嚷嚷道。

这是他们唯一一致的观点。他们同时指着罗盘针上所有

---

①原文为拉丁文,意思是:"胜者得到诸神赞助,败者得到女子欢心。"

的三十二个点,弄得汤姆以为英国所有的路标都到了一块儿,打起了架。

如果不是那条小狗,到今天为止,汤姆是不是能够脱身就很难说了。小狗脑子里产生了一个想法,他觉得,那些人要把主人撕成碎片,就非常凶狠地去撵他们。这样一来,他们不得不考虑考虑自己的事情了。乘着他们去揉自己被狗咬伤的小腿的当儿,汤姆和小狗安全地离开了。

在岛的边缘,汤姆发现了愚人村,那是聪明人住的地方。正是那些聪明人,因为月亮掉进了水里,就去挖池塘。正是他们,为了四季如春,就种了一圈树篱,把布谷鸟围在里面。

他发现他们用砖头把城门堵起来,因为它太宽了,小个子的人走不过去。汤姆只管走自己的路,因为那不关他的事。但他忍不住嘀咕道,在他的国家,如果小猫进不了大猫的洞,那就只有在外面喵喵叫了。

当他来到试金岛的时候,他看到了这些家伙的结局。岛上一片荒凉,只有遍地生长的蓟。原来,他们在那儿都被变成了耳朵有一码长的驴子,就像《木偶奇遇记》里的坏蛋卢歇斯一样。谁让他们瞎搅和自己不懂的事情的呢。

他们像卢歇斯一样,要等到蓟草变成玫瑰,才能从驴子变回来。在那一天到来以前,他们只有用这样的想法来安慰自己:耳朵越长,皮越厚,一顿好打也伤不了自己。

然后,汤姆来到一个名叫"听说"的大地方。这个国家有不下三十几个国王，另外有六七个公民；也许，下一回路过那儿的时候，公民人数会多一些。

在这个国家，汤姆陷入一场难以和解、黑暗、致命、毁灭性的战争。战争的一方是王子们和站在他们一边的君主，战争的另一边是谁呢？有一件事情我很有握，那就是，如果我不告诉你，你永远也猜不着。

他们的战争是单方面的，他们的全部军事战略和战术由下面的安全而容易的过程组成：堵住耳朵，尖叫着："啊，别告诉我们！"然后逃跑。

当汤姆来到这个国家的时候，只看见他们全体，不论是高是矮，不管是男人、女人还是孩子，都在日夜不停地逃命，乞求别人不要把他们不知道的事情告诉他们。

不过，这个国家是个岛国，他们又不喜欢水，大部分水都腐臭了，所以他们只好永远沿着海岸转圈子。那个岛的环境，和我们有幸居住的这个星球一模一样，所以，那是一项很艰苦的工作，尤其是对那些有事务要照管的人。跑在最前面的是一位绅士，他是那些人的队长和领头人，抱着一只猪边跑边剪猪毛。这只猪哼哼的悠扬曲调永远引导着他们，如果说不上奔向胜利，也算是溜之大吉。那只猪强有力地振作着他们的精神，因为他们有了一个念想：至少有猪毛可以抵偿他们的痛苦。

在他们后面，日夜奔跑着一位模样可怜、身体干瘦、衣衫褴褛、工作辛苦的老巨人。这样一位老先生，本来应该好好地收养起来，给他吃一顿好饭，找一个好妻子，派他跟小孩子一起玩玩的，那样，他才能算是一个体面的老家伙。因为，虽然他的大脑过于发达，他也是有情感的人。

他的身体主要是由鱼骨头和羊皮纸构成的，用铁丝和加拿大香脂组装。他身上有一股很浓的酒精气味，但其实他只喝水，别的什么都不喝。不过，不可否认，不知什么缘故，他使用酒精。他鼻梁上架着一副大得要命的眼镜，一只手里拿着捉蝴蝶的捞网，另一只手里拿着地质锤。他浑身上下都是口袋，口袋里装着收集盒、瓶子、显微镜、望远镜、气压计、地形测量图、外科手术刀、镊子、照相器材和发现"一切的一切"所需要的其他各种用具，还有另外一些物件。最奇怪的是，他不是向前奔跑，而是向后，能跑多快就跑多快。

所有的好人都逃避他，只有汤姆是个例外。他守在自己的地方，只是移动着两条腿，左闪右躲。巨人经过他身边时，俯视着他，好像很高兴、很欣慰地嚷道：

"怎么？你是谁？你竟然没有像其他人那样逃跑？"

汤姆注意到他在取眼镜，否则他看不清汤姆是什么样子。

汤姆告诉巨人自己是谁，巨人立刻掏出一只瓶子和一个软木塞，想把汤姆收集在里面。

汤姆是何等的机灵呀，他身子一晃，到了巨人的近前，这样，巨人就找不到他了。

"别,别,别!"汤姆说,"我跋涉万里,走遍世界,还到过嘉莉妈妈的安息所,怎么能让你这样的老巨人用网儿捉住,起一个海参、乌贼之类的名字,关在瓶子里。"

当巨人明白过来,汤姆是一个多么伟大的旅行家时,便立刻和汤姆休战。找到了一个人,可以从他那儿听到许多自己从来不知道的事情,他太高兴了。他多么希望把汤姆留住,一直留到今天,听他讲自己的经历呀。

"啊,你这个幸运的小狗!"最后,他十分纯朴地说。

是啊,他是曾经无意中将世界翻了个个儿的巨人中,那位最纯朴、最令人愉快、最正直、最仁慈的夫子大力士。

"啊,你这个幸运小狗!要是我到过你去的那些地方,见到你见过的东西,那该多好!"

"嗯,"汤姆说,"如果你想这样,最好就像我那样,把脑袋在水底下浸几个小时,变成一个水孩子,或者其他什么孩子,那样你就有机会了。"

"变成一个孩子,呃?如果我能那样做,并且有一个小时知道自己身上发生了什么事,我就会知道一切,就可以歇一歇了。

"但是我不能,我不能再变成小孩子了,假如我能够,也无济于事,因为那样一来,我对自己身上发生的事就一无所知了。啊,你这个幸运的小狗!"可怜的老巨人说。

"但是,你为什么追所有这些可怜的人呢?"汤姆说,这时他已经非常喜欢巨人了。

"亲爱的,是他们追我,子子孙孙都在追我,追了好几百年好几百年了。他们用石头砸我,把我的眼镜砸掉了五十次。他们叫我保王党,还叫我包头巾的土耳其人,说我打了一个威尼斯人并且诋毁国家。天知道他们说的是什么意思,因为我从来不读诗歌。他们转圈子逮我,但是他们逮不住我,因为每当我转到原来的地方,我就跑得比上一次更快,变得比上一次更高大。我只是想和他们交朋友,告诉他们一些对他们有好处的事情,像约瑟夫·埃迪先生①那样。只是他们总是害怕听我说,这真是太奇怪了。不过,我猜呀,我不是个通晓世故的人,一点也不圆滑。"

"那你为什么不转过身来告诉他们?"

"我不能。你知道,我是埃庇米修斯的儿子之一,如果要跑,只能这样往回跑。"

"那你为什么不停下来,让他们追上你呢?"

"唉,亲爱的,你想一下就明白了。如果我停下,所有的蝴蝶和小鸟儿都会从我身边飞过去,我就再也逮不到新品种了。我就会生锈、发霉、死掉。我可不打算停下来,亲爱的,他们说,有一种宿命在前面等着我。不过我不知道究竟是什么,也不放在心上。"

---

① 英国一个著名的骗子。

"不放在心上？"汤姆说。

"是的。我的格言是，做近在眼前的工作，捉遇到的第一只甲虫。靠这句格言，我已经兴旺了好几百年。现在我得继续工作了，天哪，和你说话这会儿功夫，已经至少有九个新种类逃脱了，没让我逮着。"

巨人继续奔跑，以后退为前进，像一只瓷器店里的公牛，最后撞上了供奉偶像的大庙的尖塔。当然，那地界的人全是偶像崇拜者，否则他们是绝不会怕巨人的。他把尖塔的上半截撞飞了，自己的腰背部也伤得很厉害。

但他几乎不放在心上。他的两条腿刚走到尖塔下半截的正上方，把它框住，他就拨弄起那些撞掉下来的石头，目光在里面搜寻着。他摘下眼镜，掏出袖珍放大镜，嚷道：

"一只全新品种的潮虫属昆虫，三个缨尾目跳虫科的不明物种！另外还有一只蛾子，金蝴蝶先生说它只限于冰川沉积物的范围，这是最重要的！且不去管他跟其他法国人一样沉溺于草率的归纳法。"

他在庙的中殿顶上坐下（真不是一个通晓世故的人），研究他的缨尾目跳虫科。可以预料到，庙顶整个儿塌下去，压碎了那些偶像，吓得僧人们从门和窗户里逃出去，就像雪貂闯进了兔子窝，吓得兔子四散逃窜一样。

但是他一点也没注意到这些，因为从烟尘里飞出来一只蝙蝠，片刻工夫巨人就捉住了他。

"天哪！这更加重要啊！他的同源物种，麦克基利沃基·布朗一直坚持只限于西藏的寺庙里有，现在他就在我眼前，也许这是因为气候差异产生的一个变种！"

他将蝙蝠装进口袋里，站起身来，继续跑。所有的人都在跑。因为缨尾目跳虫科的三个不明物种和一只佛教蝙蝠的缘故，他们的庙倒塌了，这么好笑的事居然没能让他们心情好一点点。

"嗯，"汤姆心想，"这场争执有好戏看呢，两方面都有一大堆话要说。但是这不关的我的事。"确实再也不关他的事了，因为他已经是水孩子，他的右耳朵旁边长着那个"种豆得豆"。你永远不会有那东西的，除非你是个婴儿，水里的、陆地上的、天上的，都行，都没关系，只要你一直是婴儿，永远是婴儿。

"嗯，"汤姆心想，"这不关我的事。"

确实不关他的事，因为他是一个水孩子。

巨人就这样转圈子追那些人，那些人就那样转圈子追巨人，就这样追呀追，据我所知或者据我所不知，到今天还在追；要到他和他们有一方，或者双方都变成小孩子，这种情形才会结束。那样的话，就像莎士比亚说的，因为是莎士比亚说，所以是真的：

少年将会配上少女，

没有什么会出问题，

公的会重新拥有母的，一切都会皆大欢喜。①

然后，汤姆到了一个非常著名的岛。在伟大的旅行家格列佛船长的时代，它叫作拉普达岛②。但是"你怎么待人她就怎么待你"夫人已经给它改了名字，叫作头无托底子岛，意思是只有脑袋，没有身体。

汤姆走近那个岛的时候，听到一种声音：唉哟唉哟、嗯哟嗯哟、哼哟哼哟、哎呀哎呀、啊呀啊呀、苦呀苦呀。汤姆还以为是有人在给小猪穿鼻孔套鼻环，或者在小狗耳朵上剪口子做记号，或者在淹死小猫呢。

但是，当他再走近一些的时候，他在那一片闹嚷嚷的声音中听清楚了几句话，那是他们从早到晚、通宵达旦唱个不停的，唱给考试神听的头无托底子歌："我学不会功课哟，考官要来了呀！"

这是他们会唱的唯一的歌。

汤姆来到岛上的时候，看见的第一样东西是一根大柱子，它的一面刻着"此地禁止携带玩具"。汤姆看了，心中一惊，

---

①这一节诗引自莎士比亚喜剧《仲夏夜之梦》第三幕第二场。

②格列佛船长、拉普达岛：斯威夫特名作《格列佛游记》（即"大人国小人国的故事"）中的主人公。他出游四次，其中一次发现了拉普达岛，它是一座飞岛，岛上的居民把所有的时间都用来进行科学思考。

不愿停下步子,看看它的另一面写着什么了。

他的目光到处搜索,想看看岛上住些什么人。但是,没有男人,没有女人,也没有孩子;他只见到一些大萝卜、小萝卜、好甜菜、赖甜菜,这些大头菜上面一片叶子也没有,而且一半已经开裂、腐烂、从里面长出了伞菌。

另一半活着的,立刻开始同时用六种语言向汤姆哭诉。

他们说话全都口齿不清:"我学不会功课哟,快来帮帮我!"

一个嚷嚷道:"你能教我怎样开出这个平方根吗?"

第二个叫道:"你能告诉我天琴座阿尔法星和鹿豹座贝塔星之间的距离吗?"

另一个喊道:"美国俄勒冈州诺曼县斯诺克斯威尔镇的经度是多少,纬度是多少?"

又一个大呼:"墨西攸斯·斯卡渥拉①的第十三表弟的祖母的女佣的猫叫什么名字?"

又一个问:"一个普通体力的督学,从伦敦翻跟头去纽约要花多长时间?"

还有一个问:"在一个还没有发现的国家里,什么事情也没有发生过的,一个没有人听说过的地方,它叫什么名字,你能告诉我吗?"

又有一个求援道:"格莱迪奥科洛西图斯·泰本尼提库斯

---

① 墨西攸斯·斯卡渥拉:古罗马神话中公元前十六世纪的英雄。

这段文章讲述鳄鱼为何没有舌头的原因,错得不可救药,你能教教我怎样修改吗?"

等等,等等,等等。到最后,简直让人以为,他们大家都在争海关水上稽查员的位置,或者想当重骑兵的骑兵掌旗官。

"如果我告诉了你们,对你们到底有什么好处?"汤姆说。

嗯,这个他们不知道;他们只知道,考官要来了。

接着,在一片种着瑞典芜菁的田里,汤姆撞上了一个大萝卜。你从没有见过萝卜有它那么大、那么软,它整整填满了一个洞。

它向汤姆哭叫着:"随便你愿意教我些什么,请教我一些,行吗?"

"告诉你什么呢?"

"你乐意说些什么,就说些什么,反正我学一点就忘一点;所以我妈妈说,我的智力不适宜研究系统科学,我得去将就了解一些常识。"

去将军了解一些上士?汤姆对他说,他不认识什么"将军"、"上士",什么军官也不认识,只有一个朋友在军队里当过鼓手。不过,他来这儿的路上遇到过许许多多稀奇古怪的事情,倒是可以讲给他听听。

汤姆把自己的经历一股脑儿地都讲了,那可怜的萝卜听得很仔细;他听得越多,忘记得得就越多,身上流出的水也越多。

汤姆以为他在哭,其实,那是他用脑过度,控制不住了。

汤姆一边讲，那不幸的萝卜就一边外下淌汁水。他裂开，萎缩，最后简直不成样子了，只剩下一层皮和一泡水。

汤姆见了，吓得拔腿就跑，他很害怕被逮起来，说他杀害了那只萝卜。

但是事情恰恰相反，那萝卜的父母高兴极了。他们把自己的孩子看成了殉难的圣人，在他的墓碑上刻上了一长串的碑文，赞扬他的天才，他的早慧，说他是一个无与伦比的神童。

这对夫妻难道不是很愚蠢吗？但是，旁边的一对夫妻还要愚蠢。他们正在打一个倒霉的小萝卜，它还没有我的大拇指大呢。他们责怪他闷声不响，脾气倔强，不求上进。

他们根本不知道，它读书读不进去，甚至连话也不说，是因为它里面有一只虫，把它的脑子吃空了。但他们的愚蠢程度依然不及有些爸爸妈妈：成千上万的人，应该给孩子新玩具时给孩子吃棍棒，应该送孩子看医生时把孩子关进黑暗的橱柜。

在这儿见到的一切，使汤姆感到迷惑不解，非常害怕。他很想找谁问一下，这是怎么回事。

最后，他遇上了一根半截埋在土里的、很庄严的老手杖。它不但很结实，而且很有价值；因为，从前，它的主人是英国学者和作家、好人罗杰·阿斯堪，它头上刻着一幅画，是爱德华六世手拿圣经。

"你瞧，"手杖说，"从前，他们是一些要多么可爱就有多么可爱的孩子。只要让他们像正常人一样成长，然后交给我，到现在他们也还是可爱的孩子。

"但是他们的父母太愚蠢，不让他们做小孩子做的事情，比如采采花儿，做做泥饼，捉捉蚱蜢，在醋栗丛里跳跳舞什么的，而是一个劲儿地管束他们，逼他们做功课，做啊，做啊，做啊，每个上学的日子做上学的功课，每个礼拜天做礼拜天的功课，一天也不歇着。

"每一周有周末考试，每个月有月底考试，每一年有年终考试。每门功课至少考七遍，好像一次还不够，不够他们享受似的。最后，他们的脑袋越长越大，身体越长越小，全变成了萝卜大头菜，里面什么也没有，只有一泡水。

"但是他们的父母还嫌不够，只要他们的叶子一长出来，马上就给拔了，不让他们身上有一点带绿意的东西。"

"唉！"汤姆说，"如果亲爱的'她怎么待你你就怎么待人'夫人知道这件事，她一定会送许多陀螺、皮球、玉石和九柱戏玩具给他们，让他们快活得要命。"

"这没有用处，"手杖说，"他们现在有得玩也没法子玩了。你没有看见他们的腿都变成菜根、长到土里去了吗？这都是不锻炼的结果。这样一来，他们只能待在原地用功读书、闷闷不乐。

"不好，考官大主考来了，我说，你最好还是走开吧，否则，他会顺便也考考你和你的狗，再派你的狗去去考其他所有的狗，派你去考其他所有的水孩子。

水孩子

"谁也逃不出他的手心,他的鼻子有九千英里长,他能够下烟囱、穿钥匙孔、上楼梯、下楼梯、钻进太太的卧室,考所有的小孩子,还考所有小孩子的家庭教师。

"但是,'你怎么待人她就怎么待你'夫人答应过我,总有一天他会挨棍子的,到时候就由我来执行。要是我不遵命痛打他一顿,那才可惜呢。"

汤姆走了,可是他一肚子的气,走得很慢;因为他多少有些意思要会一会那位考官大主考。那不是,他正在可怜的萝卜们中间昂首阔步地走着呢。他将难以承受的重担,捆好了搁在小孩子肩膀上,像古时候法利赛人中的文士①,自己连一个手指头也不动。他有一大堆钱,一所很漂亮的住房,还有许多好东西,可怜的小萝卜们可没有他那么阔。

他走到近前了,这时,他的模样真是大得要命,狠得要命。他对汤姆大喊大叫,命令他过去考试;吓得汤姆赶快逃命,小狗也拔腿就溜。

汤姆逃得真是及时。因为,这时候,那些可怜的萝卜正又急又怕,忙不迭地往自己里面塞东西,来应付考官。这样一来,他们成打成打地在他四周砰砰砰砰地爆掉了。一时间,汤姆真以为,他和小狗还有那儿的一切,都要被炸上天去了。

他朝海岸走去的路上,从那可怜的萝卜的新坟旁边走过。

---

① 伪善者,典出《马太福音》第五章。

但是"你怎么待人她就怎么待你"夫人已经抹掉原先天才早熟发展之类的碑文，换上了她自己写的，汤姆觉得，新碑文合情合理多了：

> 我长久忍受着受教育的痛苦，
> 硬塞硬灌毫无益处；
> 老天终于肯让我大脑淌水，
> 解除了我的烦恼愁楚。

于是汤姆跳进大海，一边唱一边游向前方：

> 再见，头无托底子岛的所有居民
> 谢天谢地，我只懂得三种本领：
> 自然是读书写字，加上算术，
> 会帮助有见识的小伙子度过艰难险阻。

也许你看出来了，汤姆并不是一个诗人。但约翰·班扬[①]也不是诗人，虽然他跟你很久以后将会遇到的一个人一样，富有智慧。

然后，他来到了"长舌老妇无稽国"，那个国家的民众全

[①] 英国作家和布道家，《天路历程》是他的名作。

都是未开化的人,崇拜一只咆哮的猿。

他看见,道路中间坐着一个小男孩,哭得很伤心。

"你为什么哭呀?"汤姆问他。

"因为我没有像他们希望的那样害怕。"

"不够害怕?你可真是个奇怪的小家伙;如果你想害怕,那就来吧:砰—啪!"

"啊,"小男孩说,"你真是个好心人,但是我觉得那一点也没有什么可怕的。"

汤姆提议掀他个头朝地、揍他、踩他、用砖头砸他的头,随便干什么都行,只要让他稍微舒服一些。

但是,他只是很有礼貌地谢谢汤姆。他用的都是很长的字眼,他听见别人就是这样说话的,所以,他觉得自己也应该那样说,那才合适。

他仍然哭个不停,最后,他的爸爸妈妈来了,马上派人去请巫医。他们是温厚的绅士和太太,非常愉快地和汤姆谈论他一路上的见闻。终于,来了一个男巫医,那人胳膊底下夹着一个滚雷箱。

那是一个肚满肠肥、面目可憎的人,一直在波特兰市[①]为女王陛下效劳。起初,汤姆有些害怕,他以为那人是格林姆呢。但是他很快就发现自己搞错了,因为格林姆看人总是看着人

[①]有两个波特兰市,一为美国俄勒冈州西北部城市,一为美国缅因州东南部港市。

家的脸，那人却从不正眼看人。而且，那人说话时，嘴里出来的是火和烟；那人打喷嚏时，喷出来的是烟花爆竹；那人一碰就叫，一叫就喷出沸腾的沥青来，有些还真黏人。

"我们又碰头了！"他叫道，就像童话剧中的小丑一样，"那么说，你无法感到害怕，我的小宝贝，呃？让我来。我会对你产生影响的！呀！嘭！哗啦啦！呼噜啪啦！"

他又是摇，又是乱敲，又是大嚷大叫，又是嚎，又是跺脚，又是胡说八道；然后，他碰了滚雷箱上的一个弹簧，里面立刻砰地跳出来魔法灯笼、纸糊的妖怪、脚后跟装弹簧的纸牌杰克，各种鬼怪。

一时间，叮叮咚咚、铿铿锵锵、当当啷啷、轰隆轰隆、吱嘎吱嘎、呜哇呜哇，闹得人心惊肉跳。那个小男孩两眼翻白，顿时不省人事。

他的可怜的、未开化的爸爸妈妈，看到这情形，却像发现了一座金矿似的高兴。他们在巫医面前跪下，给他一顶白银轿杆、金布帘子的轿子。他们请他坐进轿子，抬着他游街，但是他们刚一把他抬起来，轿杆就沾在他们肩上甩不脱了。他们无法再把他放下来，不管愿意不愿意，只好一直抬着他，就像辛巴达背海老人一样①。那光景真是很可怜，因为男孩

---

①典出辛巴达第五次航海的故事。船毁后辛巴达抓住一块木板在海上漂流，来到一荒岛，好心背一老人过河，老人却夹住他再不下来且虐待他，多日后老人酒醉，辛巴达才得以脱开他的掌握，并将他杀死。

的爸爸是个非常勇敢的军官，佩两柄宝剑，戴一颗蓝纽扣；男孩的母亲是位漂亮的夫人，仿佛像中国女人般裹了小脚似的小巧可爱。但是你知道，他们自己选择，做了一件一次也嫌多的蠢事。所以，根据"你怎么待人她就怎么待"你夫人的律法，接下来无论他们是否选择，他们只好继续做那件事，一直做到卡克西格斯来到的那一天为止。

啊！你是否希望有人去感化那些可怜的野蛮人，教他们别再吓唬自己的小孩子，让他们抽筋、昏倒？

"那么，现在，"巫医对汤姆说，"难道你不想也这么来一下，受一场惊吓吗，我的小宝贝？我一眼就看出，你是个淘气、粗野的小男孩。"

"你才是。"汤姆说，根本就不买他的账。

那人向他冲过来，叫着："呸呸呸！"

他就迎上去，对准他的脸，也叫着："呸呸呸！"

并且，他叫狗也冲上去，去咬他的腿。

你信不信，这样一来，那家伙夹着他的滚雷箱和所有行当，掉头就跑，"汪！"地叫了一声，只顾逃命了。

他一边逃，一边尖叫着："救命啊！抓贼啊！杀人啦！放火啦！他要杀我！我破产啦！他想谋杀我，他要打破、焚烧、毁掉我的价值连城的宝贝滚雷箱呀！那样你们在这地面上就再也没有雷阵雨了呀！救命！救命！救命！"

他这一叫，男孩的爸爸妈妈和长舌老妇无稽国的所有人都向汤姆扑去,他们叫喊着:"啊,这个邪恶、无耻、硬心肠、不知礼的男孩!打他,踢他,射他,淹死他,吊死他,烧死他!"等等等等。但是很幸运,他们没有东西可以用来射他、吊他或烧他,因为片刻之前,仙女们将杀人器具全部藏了起来。他们只能用石头砸他,有些石头穿过他的身体,从另外一边钻出来。但是他一点也不在乎,因为他是个水孩子,身体上洞刚钻出来,马上就长好了。平安地离开那个国家后,汤姆心里真是说不出的高兴,那儿的噪音快把他的耳朵都震聋了。

然后他来到一个非常安静的地方,它名叫"不要打扰天堂"。那儿,太阳不断地从大海上汲取海水,制造蒸汽的线,风儿把这些线编织成云彩的图案。最后他们一同制造出带尚蒂伊花边①的婚纱,漂亮极了。他们把这婚纱挂在自己的水晶宫里,出得起价钱的人,都可以去买。慈善的老大海从不吝惜她的海水,她知道,他们会诚实地给她回报。就这样,太阳纺线,风儿编织,巨大的蒸汽织布机顺畅地运转着,很有可能,在细细地思量着……思量着……思量着。

他经历了无数次的冒险,一次比一次奇妙,最后,他看见前方出现了一座巨大的房屋。它非常大,而且,极其令人惊讶的是,它比一些新建的精神病院稍微丑一点点,不过,

---

①著名的法式花边。

它的建筑材料跟一般精神病院不太一样。实际上，以我平生所见，其他的任何精神病院的任何一部分，都是内墙外墙用九英寸砖砌起来，内外墙之间填的是碎石瓦砾，为的是任何一位在女王陛下做主期间被禁闭的先生，在他自己做主期间被解除禁闭①，拿餐叉或者铁床架的一条腿做过一个钟点有益健康的轻体力劳动后，在邻近的庭园里散散步改善一下精神状态。至少，那座大房子没有一个部分是那样造的。不，它的墙壁是根据完全不同的原则建造的，不需要对那条原则进行描述，因为它还没有被发现。

他向它走过去，心中在想它究竟是什么东西，脑子里产生了一个奇怪的念头。他觉得，他会在里面找到格林姆先生。这时，有三四个人向他奔过来，叫喊着："站住！"他们跑近了一些，汤姆才发现，那不过是几根警棍，没有胳膊没有腿地向他跑过来。

汤姆并不感到吃惊，他早就过了吃惊的时候了。另外，他见过好几百回水中物在水里面走动，没有胳膊没有腿，也没有任何代替胳膊或腿的东西。他也不害怕，因为他并没有做过坏事。

他站住了。跑在最前面的警棍问他有何公干，他就拿出

---

①这是一种调侃的说法，指的分别是精神病人不能控制自己和能够控制自己的时候。

了嘉莉妈妈给的护照。

那警棍看护照的样子非常古怪，因为他只有一只眼睛，它长在它上端的中央。这样一来，因为身子直挺挺的，无论他看什么，他都只好倾斜着，向前伸着脑袋。真奇怪，这样他竟然不会栽跟头。

"行，去吧，"最后他说，但又加了一句，"我最好和你一起去，年轻人。"

汤姆没有表示异议，因为这样的伴儿既令人尊敬，又让人感到安全。刚才奔跑的时候，那警棍的皮带松了，这时，他把皮带在把柄上绕绕整齐，和汤姆并肩向前走去。

"为什么没有警察拿着你们？"过了一会儿，汤姆问道。

"我们和陆地世界里的那种生来愚笨的警棍不一样，他们没有人提着自己就不能走。我们独立地办事，而且办得很不错；当然，我本不该这样自吹自擂。"

"那么，你为什么在把柄上绕一根皮带？"汤姆问。

"好把自己挂起来，当然，是在下班的时候。"

汤姆得到了回答，就不再开口。最后，他们来到了监狱的大铁门跟前。警棍用自己的头在门上敲了两下。

大铁门上的一扇小窗子打开了，一杆大得吓人的铜制旧式大口径短枪伸出头来张望着。他就是守门人，汤姆猛然之间看到他，不由得向后一缩。

"犯的什么罪？"他问。从他那大钟一样的嘴里出来的声音非常深沉。

"对不起，先生，不是罪犯。这位年轻的先生从老太太那儿来，他想看看格林姆，那个扫烟囱的师傅。"

"格林姆？"旧式大口径短枪说，枪口缩了回去，他也许是在查阅犯人名单吧。

"格林姆在第三百四十五号烟囱上面，"他在门里面说道，"因此，那位年轻人最好从房顶上走。"

汤姆望望那面高耸入云的墙，它看上去至少有九英里高。他心想，这可怎么上去呢？汤姆向警棍做了个暗示，警棍立刻就把问题解决了。

他飞快地划了个圈子，在汤姆身后猛推了一把，汤姆不知怎么一下子就上去了，胳膊下面还夹着小狗。

汤姆沿着铅皮屋顶向前走去，路上又碰到另一名警棍。他把自己的使命对他说了。

"很好，"他说，"跟我来吧。不过，那是没用的。他是我见识过的犯人中最最铁石心肠的一个，除了啤酒和烟斗以外，他什么也不想。当然，那些东西在这儿是不允许的。"

他们在铅皮屋顶上向前走，屋顶上落满了烟灰。汤姆心想，这儿的烟囱一定有许多时候没有打扫了。

但是，他很惊奇地发现，烟灰并不沾他的脚，一点也没有把它们弄脏。还有，烧红的煤到处都落了很多，但却没有烫伤他的脚。因为他是个水孩子，他的基本体液是湿性和凉性的,你可以在莱姆纽斯、卡丹、凡·海尔蒙特①和其他先生的书里面读到详细解释。他们已尽其所能地了解了这方面的知识,没有人能比他们知道更多。

最后,他们来到了三百四十五号烟囱跟前。在烟囱顶上,直挺挺地插着可怜的格林姆先生。他只有头和肩露在烟囱外面,满头满脸的烟灰,丑极了,那副模样让汤姆真不忍心看。

他嘴里叼着烟斗,它并没有点着,但是他仍然一个劲儿地吸。

"放规矩些,格林姆先生,"警棍说,"有一位先生来看你。"

但是,格林姆先生只是骂骂咧咧的,满口脏话,一个劲儿地嘟囔:"我的烟斗抽不动,我的烟斗抽不动。"

"嘴里不要不干不净,放规矩些!"警棍说。

说着,他像木偶剧《潘奇和朱迪》中的小丑潘奇一样,向上一纵,"啪"的一声,用自己的身子在格林姆脑袋上敲了一下。

格林姆想抬起手,揉一揉被敲疼的地方,但是,他办不到,因为,他的手紧紧地夹在烟囱里,抽不出来。

现在,他只好放规矩一些了。

"嗨!"他说,"哦,是汤姆!我看,你是来嘲笑我的吧,

---

① 依次为荷兰医生和作家,意大利文艺复兴时期的数学家、医生、占星家和赌徒,比利时化学家和生物学家。

你这个怀恨在心的小侏儒？"

汤姆向他保证，自己不是来嘲笑他，而是想来帮助他。

"我什么都不要，只要啤酒，可是我得不到；还有这个可恶的烟斗，没有火来点它，我没办法。"

"我来给你点个火。"汤姆说。

地上多的是燃着的煤，汤姆捡了一块，凑到格林姆的烟斗上，但它立刻就熄了。

"没有用的，"警棍说，身子靠在烟囱上看着他们，"我告诉你，这没有用。他的心太冷了，任何东西一靠近他，都会冻成冰。你马上就会知道这一点的，再清楚不过了。"

"哦，当然，这是我的错。什么都是我的错。"格林姆说。

这时，警棍站正了，样子很凶。

格林姆赶忙说："别再碰我，你知道，如果我的双手是自由的话，你碰也不敢碰我。"

警棍重新靠在烟囱上，对个人所受的委屈一点也不计较；他是一个训练有素的警察，这正是一种有教养的表现。不过，对于违反道德或秩序的罪行，他是做好了充分的准备要报复的。

"我不能在别的方面帮助你一下吗？我能不能帮你从烟囱里面出来？"汤姆说。

"不行，"警棍插言道，"他已经到了只有自己帮助自己的地步；我希望，他在对付我以前，能够明白这一点。"

"哦,是啊,"格林姆说,"当然是我的错。是我自己请你们把我弄到监狱里来的吗?是我自己要求扫你们的臭烟囱的吗?是我要求你们在下面点着稻草,迫使我到顶上来的吗?

"是我自己要在这第一个烟囱里就被直挺挺地夹住的吗,这个丢人的堵满了烟灰的烟囱?是我自己请求待在里面的吗?我已经待了不知多久,我相信,总有一百年了吧。喝不到啤酒,烟斗点不着,什么也没有,这种日子畜生都受不了,何况是人?"

"没错。"一个庄严的声音在后面说,"汤姆也受不了,可是,当初你正是用同样的方式对待汤姆的。"

说这话的是"你怎么待人她就怎么待你"夫人。警棍一见到她,立刻站得笔直:立正!并且深深地鞠了一躬。如果不是他心中充满了正直的精神,他这样做准会一头栽到地上,说不定还会弄伤自己的一只独眼。汤姆也行了个鞠躬礼。

"啊,太太,"他说,"别考虑我了,一切都已经过去了,好日子、坏日子、所有的日子都已经过去了。我可以帮帮可怜的格林姆先生吗?能不能让我搬掉一些砖头,让他的胳膊活动活动?"

"你当然可以试一试。"她说。

汤姆抠住砖头,又拽又拉,但是砖头纹丝不动。他又去擦格林姆先生脸上的烟灰,但是一丁点烟灰也不掉下来。

"啊,天哪!"他说,"我历尽千辛万苦,走了那么多路,经过那么多可怕的地方,到这儿来帮助你,结果,我什么忙也帮不上。"

"你最好还是别管我吧,"格林姆说,"你是个宽宏大量、生性忠厚的小家伙,这是实话。你最好还是走吧,就要下冰雹了,它们会把你的眼珠从你的小脑袋里打出来。"

"什么冰雹?"

"唉,是这儿每天晚上都下的冰雹。它下来的时候是暖和的雨,可是一到我头顶上,就变成了冰雹,打在我身上就像小炮弹一样。"

"冰雹不会再下了,"那奇异的仙女说,"以前我告诉过你那是什么。那是你母亲的眼泪,她在床边为你祈祷时流下的泪。但是你的心太冷了,使它们变成了冰雹。

"现在她已经升天了,不会再为她的道德败坏的儿子哭泣了。"

格林姆沉默了一会儿,然后流露出伤心的神情。

"我母亲去世了,我一句话也没有和她说上!啊!她是个好女人。如果不是为了我,不是因为我走了坏道,她在温德尔的小学校里,本来是可以很快乐的。"

"温德尔的学校是她开的吗?"汤姆问。接着,他把自己如何到了她的家,她看到扫烟囱的如何受不了,后来她又是如何好心地待他,他如何变成了水孩子,一五一十都告诉了格林姆。

"啊！"格林姆说，"她是完全有理由讨厌见到扫烟囱的人的。我离家出走，和扫烟囱的混到了一起，从来不让她知道我在哪儿，一个便士也不捎给她。现在已经太迟了，太迟了！"

他哭了起来，哭得抽抽搭搭，像个大孩子似的；哭得烟斗从嘴里掉下来，摔成了碎片。

"天哪，要是我能够重新变成一个小家伙，在温德尔，看看清清的小溪，看看苹果园，看看紫杉树围成的树篱，我会走一条多么不同的路！

"但是现在已经太迟了。你还是走吧，你这个好心的小家伙。别站在这儿看一个男子汉哭泣，依他的年龄足够做你的父亲了。现在我垮了，我是罪有应得。我自己做的钉床，就得我自己去睡。

"我自己要脏臭，现在脏臭了；从前一个爱尔兰女子这样提醒过我。可是当时我只当耳旁风。这全是我自己的错，但是已经太迟了。"

他一边说一边哭，那模样真是惨痛，弄得汤姆也跟着哭了起来。

"没有太迟的事。"仙女说。

她的声音那么奇异、那么柔和、那么陌生，汤姆忍不住抬起头来望着她，有一刻，她竟是那样地美丽，汤姆差不多以为那是她妹妹了。

确实不是太迟。可怜的格林姆哭泣抽噎的时候，他自己的眼泪做了他母亲的眼泪没有做到、汤姆没有做到、世界上任何人也做不到的事。他的眼泪洗掉了他脸上和衣服上的烟灰，然后冲掉了砖头缝里的泥灰。

烟囱塌了下来，格林姆从里面脱身了。

警棍跳起来，准备狠狠地给他当头一棒，像把软木塞摁进瓶子里去一样，把格林姆赶回烟囱里去。但是，那奇异的夫人把他支到一边去了。

"如果我给你一个机会，你是否愿意服从我？"

"听您吩咐，太太。你比我强，这个我清楚得很，你比我聪明，这一点我也清楚得很。从前我一意孤行，现在吃苦头已经够多了。所以，您太太尽管吩咐我好了，我已经垮了，这是实话。"

"那好，那么——你可以出来了。但是记住，如果再违抗我，就让你去一个更糟的地方。"

"请原谅，太太，据我所知，我并没有违抗过您。在来到这个受罪的地方之前，我从来不曾有幸见过您。"

"没见过我？是谁对你说'想脏臭的人会脏臭'的？"

格林姆仰起脸来，汤姆也仰起脸来。因为，刚才说话声音，正是那天他们一起去哈塞沃的路上遇到的爱尔兰女子的声音。

"那时我警告过你，但是你前前后后有一千次不把我的话放在心上，只顾干自己的。你说的每一句脏话，你做的每一件残酷下贱的事,你每一次喝醉,你每一天所干的肮脏勾当,都是在违抗我,不管你是否知道。"

"当时我只要知道,太太……"

"你完全清楚自己在逆天行事,只不过不知道是在违抗我而已。好了,你出来吧,去试一试我给你的机会。"

格林姆从烟囱里走了出来。说实在的,如果他脸上没有那些伤疤,现在他看上去还真够干净体面,够得上一个扫烟囱的师傅的派头。

"把他带走,"她对警棍说,"给他一张释放证。"

"让他去干什么呢,太太?"

"叫他去打扫艾特那火山口①。到那地方以后,他会找到一些以干活儿打发时光的人,那些人一直很老实地待在那儿,他们会教他怎样干活儿。

"但是要记住,如果火山口再堵塞、引起地震的话,就把他们全带到我这儿来,我会很严厉地进行查处的。"

格林姆先生被警棍押走了,温顺得就像一条淹死的虫子。

也许,说不定,直到今天为止,他还在打扫艾特那火山口呢。

"现在,"仙女对汤姆说,"你在这儿工作已经完成,也该回去了。"

---

① 艾特那火山:在意大利西西里岛东部。

"我当然是非常高兴回去的，"汤姆说，"但是，那个洞里已经不再向上面喷蒸汽了，我怎么才能上去呢？"

"我会带你从后楼梯上去，但先得蒙上你的眼睛，我决不让任何人看到我的后楼梯。"

"如果你不把我的眼睛蒙上，我肯定不会向任何人说后楼梯的事，太太。"

"啊哈！你现在是这样想的，我的小小伙子；但是，你回到陆地世界以后，很快就会忘记自己的诺言。

"一旦人们知道你上过我的后楼梯，漂亮女人就会跪在你面前，富人就会在你面前把钱袋里的钱全倒出来，政治家就会向你献上官位和权力。

"无论老少贫富，都会向你哭求：'只要把后楼梯的大秘密告诉我们，我们愿做你的奴隶；我们请你做贵族、国王、皇帝、主教、大主教、教皇，随便你愿意做什么，只要告诉我们后楼梯的秘密。

"'几千年以来，我们一直在供养、宠爱、服从和崇拜一些江湖骗子，他们对我们说，他们知道后楼梯的秘密，并且能偷偷地带我们上去，最后我们总是失望。

"'但是我们仍然愿意试一试，也许你真的知道一些后楼梯的事情；我们愿意给你荣誉，让你飞黄腾达，对你崇拜得五体投地。如果你告诉了我们，我们就可以全部去那儿朝圣，即使不能上去，也总可以躺在后楼梯脚下叫喊：

啊，后楼梯，

珍贵的后楼梯，

无价之宝后楼梯，

不可少的后楼梯，

必需的后楼梯，

温厚的后楼梯，

世界主义的后楼梯，

宽宏大量后楼梯，

与人方便的后楼梯，

教养好的后楼梯，

实惠的后楼梯，

经济的后楼梯，

实用的后楼梯，

符合逻辑的后楼梯，

演绎推理的后楼梯，

舒服的后楼梯，

有人情味的后楼梯，

通情达理的后楼梯，

朝思暮想的后楼梯，

让人垂涎三尺后楼梯，

高贵的后楼梯，

令人尊敬的后楼梯，

绅士一样的后楼梯,

淑女一样的后楼梯,

正统的后楼梯,

或然的后楼梯,

可信的后楼梯,

可论证的后楼梯,

不可否认的后楼梯,

强有力的后楼梯,

全知全能的后楼梯,

等等。

让我们能够随心所欲,而免于自食其果;让我们跳出那残酷的仙女的手掌心。

"碰到他们这样求你,你是否觉得,你心里有一点儿打算告诉他们你知道的秘密呢,小男孩?"

当然,汤姆没有否认。

"不过,他们为什么这么想知道后楼梯的秘密呢?"他问。

刚才仙女说的一大串话使他稍微有些害怕,而且一点也弄不懂。他并不打算泄露秘密,你也不会。

"这我不告诉你。我从不往小家伙的脑子里灌东西,除非他们自己快要明白了。好了,来吧,现在我得蒙上你的眼睛了。"

她一只手将绷带扎在汤姆的眼睛上,另一手把它解下来。

"现在，"她说，"你已经平安地上了后楼梯了。"

汤姆瞪大了眼睛，张大了嘴。因为，在他想来，他一步也没有动过啊。但是，他向四周看看，没错，他已经平安地上了后楼梯了。

后楼梯到底是什么，没有人会告诉你，原因很简单：这没有人知道呀。

汤姆第一眼看到的是黑洞洞的雪松，它们沐浴在玫瑰色的晨曦里，在天空的映衬下，身影高大而清晰。宁静、宽广的银色海水，一平如镜，倒映着圣布伦丹岛的倩影。

风儿在雪松的枝叶间轻轻歌唱，海水在那些洞穴中间唱着歌；一连串的海鸟一边飞向海洋，一边唱歌；陆地上的鸟儿一边在树枝中间聚集，一边歌唱。

空中充满了歌声，连沉睡在树荫下的圣布伦丹和他的隐士们，也被惊动了，开始在梦中张开善良而古老的嘴唇，唱他们的晨之礼赞。

但是，有一支歌透过所有的歌声，越过海水传来。那是一支最甜美、最清纯的歌，因为那是一个年轻女郎的声音。

她唱的是一支什么歌呢？啊，我的小小伙子，我已经太老了，唱这支歌不合适；你呢，又太小，听不懂它。不过，耐心些，让你的目光保持单纯，让你的双手保持干净；总有一天，你自己会学会唱这支歌，并不需要什么人来教你。

汤姆靠近仙岛的时候，看到岸边岩石上坐着一位女郎，他从没见过这么优雅、这么漂亮的女郎。她垂着眼睛,一只手支着下巴,两只脚打着水。

当他来到她跟前的时候,她抬起了头,原来是艾丽。

"啊,艾丽,"汤姆说,"你长得多高啊!"

"啊,汤姆,"艾丽说,"你也长得多高啊!"

这一点也不奇怪,他们都长大了,他长成了一个高大的男子,她长成了一位美丽的女郎。

"也许我已经长大了,"她说,"我的日子已经过得够久了,我坐在这儿等你已经有好几百年,都快以为你永远不会回来了。"

"好几百年了?"汤姆有些诧异,但是,他在旅途上长了那么多见识,很快就不再去想这个了。

何况,这时候他什么也顾不上去想了,脑子里只有艾丽。他就那样站着,看着艾丽,艾丽也看着他。他们觉得这样太美妙了,就站在那儿,互相看着,七年多没有说一句话,也没有动一动。

最后他们听到仙女说:"听着,孩子们!你们不想再看看我了吗?"

"我们一直在看着你呀。"他们说,他们一直以为自己看的是仙女呢。

"那么,再看我一次。"她说。

他们看着她,立刻一同嚷道:"啊,你到底是谁?"

"你是我们亲爱的'她怎么待你你就怎么待人'夫人。"

"不,你是善良的'你怎么待人她就怎么待你'夫人,但是你现在变得十分美丽了!"

"在你们看来是这样,"仙女说,"再看看。"

"你是嘉莉妈妈。"汤姆说,声音非常低,非常严肃。他悟出了什么东西,感到非常幸福,同时又比从前任何时候都更加感到害怕。

"但是你变得年轻多了。"他说。

"对你来说是这样,"仙女说,"再看。"

"你是我去哈塞沃那天碰到的爱尔兰女子!"

他们看着她,她谁也不是,一会儿又谁都是。

"我的名字写在我眼睛里,如果你们有眼力看到的话。"

他们看着她那大大的、深邃的、温柔的眼睛,它们变幻着各种色彩,就像钻石的光芒一样。

"现在把我的名字读出来。"最后她说。

一刹那之间,她的眼睛闪出两道清澈、炫目的白光;但是,孩子们没有能读出她的名字,他们感到耀眼,用双手捂住了眼睛。

"还没到时候,年轻人,还没到时候。"她微笑着说。

她转过脸来对艾丽说:"从现在起,你礼拜天可以带他回家了,艾丽。他打了一场大战,赢得了奖品,变成了一个男子汉,有资格和你一起去了。因为他做了自己不喜欢做的事。"

于是，汤姆礼拜天和艾丽一起回家了，有时不是礼拜天也去。

现在他成了一个大科学家，能够设计铁路、蒸汽机、电报和步枪等等，他知道一切事物的一切原理，只有两三件小事没有搞明白：例如母鸡的蛋为什么孵不出鳄鱼等等，在可卡克西格斯①来到以前，那些事谁也弄不明白。

他的本领都是他在大海里做水孩子的时候学到的。

"汤姆和艾丽当然结婚了吧？"

亲爱的孩子，这个念头多么傻呀！你不知道，在童话里，王子和公主以下的人，是从来不结婚的吗？

"汤姆的狗呢？"

哦，在七月里任何一个晴朗的夜晚，你都可以在天上看到他。因为，在过去三个炎热的夏天，旧的天狗星烧坏了。天上没有狗怎么行呢？他们只好把他取下来，让汤姆的狗来代替他。新官上任三把火，今年，我们可以指望有个温和的气候了。

我的故事讲到这儿就结束了。

---

①可卡克西格斯：杜撰的不知什么怪名字，不存在的人。

道德教训

那么,亲爱的小小伙子,从这个寓言里,我们能学到什么呢?

我们可以学到三十七或三十九件事情,到底是多少,我也说不准。但我们至少可以学到一件重要的事情,那就是:如果我们在池塘里见到水蜥,决不要向他们扔石头,不要用钩针去捉他们,也不要把他们和刺鱼一起关在动物饲养场里,因为刺鱼会刺穿他们可怜的小肚子,弄得他们从玻璃缸里跳出来,落到什么人的工具箱里,结局很悲惨。那些水蜥并不是别的什么东西,而是水孩子啊。只不过他们很笨、很脏,不肯上学、不肯保持干净;所以,像比较解剖学家们五十年后会告诉你的那样(现在他们还知道得不够多,没法告诉你),他们的脑壳变平了,嘴巴向外突出来了,脑子变小了,尾巴长出来了,肋骨消失了;我敢肯定,你不会愿意自己的肋骨消失。他们的皮肤上变得脏乎乎的、长出了许多斑点,他们从不到清爽的河水里去,更不用说去浩瀚、宽广的大海了,而只是在肮脏的池塘里沉浮着,待在烂泥里,吃虫子,他们只配那样。

但是,这并不能成为你虐待他们的理由;相反,正因为如此,你应该同情他们,对他们好,希望他们总有一天会醒悟过来,对自己的肮脏、懒惰和愚蠢的生活感到羞愧,改过自新,重新变成某种比较好的东西。也许,如果那样,三十七万九千四百二十三年九个月十三天两个钟点二十一分钟后(这个时间后,任何事物都会逆反),如果那么长时间里他们一直非常努力地工作,非常努力地清洗,他们的脑子就会长大一些,嘴巴会缩回去,肋骨会再长出来,尾巴会萎缩掉,重新变成水孩子;然后,也许,变成陆地上的孩子;然后,也许,长大成人。

你知道他们不会?很好,我敢说,你知道得很清楚。但是你看,有些人对那些可怜的小水蜥喜欢得不得了。水蜥从不伤害任何人,或者,即使他们想伤害谁,也伤害不了。他们唯一的错在于他们毫无用处,就像成千上万比他们高级的动物一样。但是鸭子呢?狗鱼呢?刺鱼呢?水甲虫呢?淘气的小男孩呢?像苏格兰人所说的那样,他们"被人家整治得很惨",真不知道他们怎样活下来的,简直是奇迹。有些人忍不住向善良的巴特勒主教提出,希望再给他们一次机会,在某个地方、某个时间、以某种方式,把事情做得公平一些。

至于你,你要好好地学习你的功课,感谢上帝给你那么多的凉水洗东西,也洗你自己,像一个真正的英国人那样。

那样的话,即使我的故事不是真的,也有一些更好的东西是真的;即使我说的不十分正确,你依然是正确的,只要你坚持努力工作、坚持使用凉水。

但是要记住，千万别忘记，就像我开始所说的那样，这完全是一个童话，只是说说玩玩而已。所以，你一个字也不必相信，即使它是真的。

附录：金斯利生平

1819 查尔斯·金斯利（Charles Kingsley）出生于英格兰北部英国西南部一荒僻的霍尔纳地（附近有的小镇布西德·卡戈兰（Holme Vicarage），但他的童年时代大多是在芬（Fen）辽阔的旧湿地（Barnack）郊柏和德文翻译大概的故乡关之乡Clovelly，他度过。后受教育于海家学院、伦敦和剑桥。悔改宗。

1842 成为汉普夏文弗斯莱（Eversley）教区的牧师。

1843 剧作《圣徒的悲剧》出版。

1848 小说《酵母》出版。

1855 小说《阿尔顿·洛克》（Alton Locke）出版。开始以笔名侯克斯赫洛发表文章。

1853 历史小说《海帕蒂亚》（Hypatia）出版。

1856 《向西去啊》出版，这大概是他最流行的小说。且紧随其后完成《海岸的寄语》出版。

1857 小说《两年前》出版。

1860 被聘为剑桥大学现代史教授，直至1869年。

1860 著作《水孩子》出版。

1864 历史学家詹姆斯·安东尼·弗劳德（J.A. 弗劳德）卷入他的宗教文章《辩护》的纠纷之中，其结果是牛津大学收回文章《辩护》出版。

1866 小说《霍雷韦克海岸》出版。

1869 被任命为切斯特大教堂牧师。

1870 游记《薯片》出版。

1873 被任命为威斯敏斯特（英国璀璨著名的大教堂）牧师。

1874 染病，卒年56岁。图伊一生中一直为疾病所苦，她患病几年硬撑状况不断恶化。